中国历代通俗演义故事·农闲读本

聊斋志异

原著 蒲松龄
编著 玲斋 勇胜 梦瑶 勇利
插图 刘岩 宋宇航

吉林出版集团股份有

前　言

　　《聊斋志异》是清朝文学家蒲松龄所著的文言短篇小说集。它既反映了丰富的社会生活，又有很高的艺术造诣，是我国文学小说发展到更高阶段的一个重要标志，当之无愧地成为中国文学宝库中一颗璀璨夺目的明珠。

　　据说，蒲松龄在搜集《聊斋志异》素材时，自己坐在路口，旁边摆设茶水和烟具，见有人来，便递上茶水，送上烟具，热情地邀请行人讲述一段故事。他则运笔如飞，记录下种种奇闻逸事，回到家中再仔细琢磨，加工润色，写出成品。他的作品题材来源于民间，自然有着广泛的群众基础，深受百姓的喜爱，这也是《聊斋志异》艺术魅力经久不衰的原因之一。

　　《聊斋志异》里的篇章，大都是描写鬼怪世界。作者之所以采用鬼狐故事，表面看起来"鬼话连篇"，实际上是为了避免清朝"文字狱"的迫害，而曲折、自由地表现社会生活，寄托自己的理想和爱憎。

　　《聊斋志异》大胆地揭露封建社会的黑暗，将批判的矛头指向了"磨牙吮血食人肉"的封建统治者，将他们贪婪、谄佞、昏庸、无耻的面目暴露无遗。《梦狼》中写姓白的老头梦中到他儿子的官衙内，只见巨狼当道，白骨如山，"堂上，堂下，坐者，卧者，皆狼也"，深刻地揭示了官吏的豺狼本性。《促织》中成名的儿子，死后变成了一只轻捷善斗的蟋蟀，这才应付了地方官员媚上邀宠的需求,挽救了一家被毁灭的命运,揭露了封建压榨的残酷和官场的黑暗腐败。

《聊斋志异》大部分作品通过花妖狐魅与人的恋爱,表现了理想的爱情生活。他们不顾封建礼教的束缚,大胆追求爱情,不离不弃、坚贞不渝,冲破艰难险阻,终成幸福结局。《聂小倩》《莲香》《阿宝》《青凤》等都是歌颂纯真爱情的名篇。这种超越阴阳人妖之间的真挚爱情,化作了一曲曲荡气回肠的千古乐章,余音袅袅,不绝如缕。

《聊斋志异》塑造了一系列栩栩如生、性格鲜明、令人难忘的人物形象,不论是与黑暗势力抗争追求爱情的聂小倩,还是调皮捣蛋善于化险为夷的小翠;不论是迂讷痴情化作鹦鹉见情人的孙子楚,还是狂放不羁直闯狐狸精庭户的耿去病,都通过作者之笔鲜活地呈现在读者面前。再加上情节曲折离奇,引人入胜,环境描写鲜明如画,以及语言的精练,词汇的丰富,这些都给《聊斋志异》平添了无穷的艺术魅力。

由于《聊斋志异》篇幅较长,且使用的是文言文,对于许多读者来说,不免形成阅读上的障碍。为了将《聊斋志异》这部古典名著通俗地介绍给广大读者,我们从中选取了35个最具代表性的脍炙人口的名篇,用白话文译出,编成这本《聊斋志异》。

一部聊斋,煌煌巨著,从中择选名篇,不仅有见仁见智之困惑,更有沧海遗珠之缺憾。书中不当之处,敬请读者与专家指正。

编　者

目录

第一回　　　画　　壁 /001

第二回　　　偷　　桃 /004

第三回　　　种　　梨 /007

第四回　　　崂山道士 /009

第五回　　　娇　　娜 /013

第六回　　　王　　成 /022

第七回　　　聂　小　倩 /029

第八回　　　陆　　判 /037

第九回　　　莲　　香 /044

第十回　　　阿　　宝 /056

第十一回　　夜　叉　国 /063

第十二回　　宫　梦　弼 /070

第十三回　　叶　　生 /075

第十四回　　青　　凤 /078

第十五回　　画　　皮 /084

第十六回　　张　　诚 /089

096 / 第十七回　　罗刹海市

106 / 第十八回　　促　织

111 / 第十九回　　崔　猛

115 / 第二十回　　于中丞

117 / 第二十一回　　续黄梁

125 / 第二十二回　　胡四相公

129 / 第二十三回　　寒月芙蕖

132 / 第二十四回　　赵城虎

135 / 第二十五回　　章阿端

138 / 第二十六回　　花姑子

145 / 第二十七回　　云翠仙

151 / 第二十八回　　鸽异

155 / 第二十九回　　刘姓

158 / 第三十回　　小翠

168 / 第三十一回　　梦狼

172 / 第三十二回　　莲花公主

176 / 第三十三回　　黄英

184 / 第三十四回　　席方平

189 / 第三十五回　　胭脂

第一回
画 壁

　　江西人孟龙潭和朱举人一起住在京城里。有一天,他们俩偶然走进一座寺庙。庙内的殿宇和禅房都不宽敞,一打听,才知道这里只有一位老和尚。老和尚听见客人问话,赶紧整了整身上的衣服出来迎接,并带领客人到处游览。

　　殿堂两侧的壁画非常精妙,壁画上的人物个个栩栩如生。东边壁上画的是"天女散花图"。图上有一个披着长发的仙女,手拿鲜花微笑着,眼波清澈流动。朱举人目不转睛地望着这位仙女,不知不觉心动神摇,竟站在那里冥思凝想起来。

　　忽然他觉得自己身体轻飘飘的,像腾云驾雾一样,飞到壁画上去了。只见楼阁重叠,别有洞天。忽见一个老和尚坐在法坛上讲经说法,底下有许多和尚在周围站着听讲。朱举人也混在众和尚中间听讲。突然,他感觉有人暗中扯他的衣袖,回头一看,原来就是那位披发拈花的仙女。仙女对着他微微一笑,就朝前走了。朱举人连忙跟了上去。仙女走过有曲栏的走廊,进入一间小屋里面,朱举人在屋外犹豫不前,进进退退。仙女回过头来,举起手中的鲜花,远远地做出要他进来的手势,朱举人这才快步走进小屋。

朱举人看到房间里寂静无人,便高兴地把她搂在怀里,她也不怎么抗拒。朱举人与她亲热了一番。停了一会儿,仙女关好房门走了出来,嘱咐朱举人不许咳嗽出声,到了夜晚,她又来了。

这样过了两天,仙女的女伴发觉了这件事,大家一搜查,便把朱举人找了出来。女伴们对仙女开玩笑说:"肚子里已经有了这么大的娃娃了,还想垂发冒充姑娘呀?"大家便拿出簪子耳环等饰物,催着她把头发梳成妇人的发髻。仙女羞得说不出话来。其中一个女伴说:"姐妹们,我们可别在这里待着,会搅了人家好事的。"大家一听,便笑嘻嘻地走出房来。朱举人看着仙女梳着高耸的发髻,上面插着低垂的凤钗,比垂发时更加艳丽迷人。他看看四周无人,便与仙女亲昵起来,他搂着仙女,闻到如同兰花、麝香的气味,沁人肺腑。

他们正在欢乐的时候,忽然听到屋外靴声铿铿、锁声锵锵,紧接着便是粗野的吆喝声和纷杂的辩说声。仙女连忙与朱举人一起向外边偷看,只见一个身穿金甲的使者,面色漆黑,一手拿着铁锁链,一手提着铁锤,众女子都站在他周围。使者问:"全到齐了吗?"众女回答说:"都到齐了。"使者说:"假如有谁私藏下界仙人,你们要共同检举她,切莫自找麻烦。"众女子又一齐回答说:"没有这样的事。"使者转过身去,瞪着两只鹰一样锐利的眼睛,在屋里四处扫视,似乎要搜索全屋。仙女吓得要命,脸色像死灰一样,惊慌地对朱举人小声说:"你赶快钻到床底下去!"她一边说,一边打开壁上的小门,仓促地逃走了。

朱举人趴在床底下,吓得大气也不敢出。一会儿他听到靴声响,有人来房内,然后又出去。一会儿又听到喧哗声越来越远,他心里才稍微安定了一点。然而门外不断有来往说话声。朱举人因蜷缩床下太久,觉得耳内像蝉鸣一样嗡嗡作响,两眼直冒金星,那种痛苦不堪的情形简直无法忍受,只好强制自己静听屋外的动静,耐心等待仙女进来放他出去,他甚至连自己是从哪里来的都忘记了。

孟龙潭也在殿中观赏壁画,他想起一起来的朱举人,转眼一看却不见了,便问老和尚。老和尚笑着说:"他前去听僧人讲经说法了。"孟接着又问:"在什么地方?"老和尚说:"前面不远。"过了一会儿,老和尚用手指轻弹墙壁喊道:"朱施主,玩了这么长时间还不出来?"这时壁画上马上现出朱举人的头像,只见他侧着耳朵站在那里,似乎在听、在看。

老和尚又喊道:"你的朋友已等你多时了!"朱举人这时才从墙上飘落下来,灰心丧气,如同木头般地呆站着,两眼痴呆无神,双脚颤抖发软。孟龙潭见他这个样子大吃一惊,忙问他是怎么一回事。朱举人把自己的经历说了一番,说当时自己正趴在床下,忽听到雷鸣般的叩击声(老和尚弹壁的声音),便出房来探听。

他们三人再一起观看壁画上的拈花仙女时,见她头上螺髻已高高翘起,已不再是前面所看到的垂发仙女了。朱举人吃惊地给老和尚行礼,请他说明这件怪事的由来。老和尚笑着说:"幻象都是由人的内心产生的,我怎么能说得清楚呢?"朱举人由于疑团解不开而心灰意冷,孟龙潭因担惊受怕而彷徨无主。二人只得起身,顺着层层台阶走出了寺庙。

3

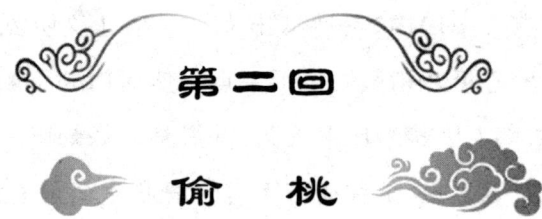

第二回

偷 桃

　　我年少的时候,到郡城去会考,适逢春节。按照老规矩,春节前一天,各种做生意的商人,都要张灯结彩,吹拉弹唱,到官府门前表演一番,这就叫作"演春"。

　　这天,我也跟着朋友去看热闹。看热闹的人太多,把官府围得水泄不通。公堂上坐着四位身穿红色官服的官员,东边两位与西边两位面对面坐着。当时我年幼,不知道他们是什么官。只听得人声嘈杂,鼓乐声震耳欲聋。忽然看见一个艺人带着一个披头散发的小孩,挑着一副担子走上前来,口里念念有词。人群的喧闹声像潮涌,所以我也听不清他说些什么,只看到堂上的几位官员坐在那里嘻嘻哈哈的。

　　接着,有穿青衣的衙役大声叫嚷要艺人变戏法。艺人答应后问:"变什么戏法?"堂上的官员们交换意见后,有位小吏问艺人擅长什么。艺人回答说:"善于颠倒生物的季节。"小吏回禀众官,过了一会儿就下来了,命令艺人变桃子。艺人把衣服脱下放在箱子上,假装埋怨的样子,说:"长官真是糊涂!冰块还没有融化,哪里有桃子? 不变出来吧,又怕这些当官的发怒,怎么办?"他的儿子说:"父亲既然答应了,又怎能推辞?"艺人想了一阵,说:"我已考虑成熟了。春初还有积雪,人间哪有桃子可摘? 只有王母娘娘园内花卉树木四季常青不凋谢,可能有仙桃,必须从天上偷桃子才行。"他的儿子说:"哎呀! 上天有梯子可登吗?"艺人说:"我有办法。"

于是,他打开箱子,取出一捆绳子,大约有几十丈长,理出绳头,朝天空抛去,绳子便直竖在空中,好像上面有什么东西把它挂住。不一会儿,绳子越抛越高,很快就伸入云里。艺人手中的绳子抛完了,对儿子说:"孩子你过来! 我年老体衰,身体又重又笨,不中用了,需要你上天走一趟。"说完就把绳子的下端交给儿子,说:"抓住它就可以上天。"儿子接过绳子,现出为难的神色,埋怨说:"父亲您也太糊涂了! 这样一条绳子,要我拽着它,爬上万丈高天。假如我爬到中间绳子断了,不是摔得我连骨头都找不到了吗?"艺人拍着儿子的脊背哄他说:"我刚才已经脱口答应了,后悔也来不及了。只有麻烦你去一下。你千万别怕苦。假如你偷来桃子,长官必定赏你许多钱,到时候我给你娶个漂亮媳妇。"于是,儿子无奈地拿着绳子,盘旋而上,手移一下脚便跟着移一下,好像蜘蛛沿着丝线爬一样,渐渐地爬到云霄上面去了,下面的人再也看不到他。

过了很长时间,天上掉下个桃子,有碗那么大。艺人很高兴,赶紧捧着桃子献到公堂上。堂上那些官员传看了很久,都分不清真假。忽然,绳子落到地下,艺人惊慌地说:"不好了! 天上有人砍断了我的绳子,我的儿子又怎能下得来!"

过了一会儿,天上又掉下个东西,艺人一看,是儿子的头。他捧起头哭着说："肯定是我儿偷桃子时，被天庭看园子的人发现了，我的儿子完了！"

又过了一会儿，儿子的一只脚从天上掉下来了；不一会儿，儿子的身体碎片也纷纷掉下来了，没有一块儿完整的。艺人悲痛万分，把残骸一一拾起来，放进箱子里关好后，对众人说："我老汉就只有这个儿子，以前他跟着我走南闯北。今天他奉长官的命令，到天上偷桃子，不幸死得这么惨！我要好好地厚葬他。"

于是他走上堂跪着说："为给你们偷桃子，害死了我儿子！你们如果可怜我，请帮我安葬儿子，我来世当牛做马也要报答你们的大恩大德。"那四位官员又惊又怕，每人赐他不少银两。艺人接过后缠在腰袋里，就用手敲箱盖子大声说："阿八儿，你还不快出来谢赏钱，要等到什么时候？"

忽然，一个头发蓬乱的小孩脑袋拱开箱子盖露出来了，向着堂上众官磕头，原来他正是艺人的儿子。这个戏法变得太奇特了，所以至今我还记得。

第三回

种 梨

　　有个乡下人推着一车梨到街上卖。因梨的味道香甜,所以他要价很高。

　　这时,有一个头戴破头巾、身穿旧道袍的道士,在车前请乡下人施舍他一个梨。乡下人粗野地呵斥他,他却不走,乡下人更为恼火,大声责骂他。道士说:"你这一车梨有好几百个,我只是请你施舍一个给我,这对于你也不算什么大的损失,你不给倒也算了,何必发这么大的脾气?"

　　旁边围观的人也劝乡下人拣个最差的梨给道士,打发他走算了。而乡下人却坚决不肯。酒店里一个伙计见外面吵闹得不可收拾,于是自己出钱买了个梨,送给道士。

　　道士向他表示感谢。然后又对围观者说:"出家人不知道吝惜是什么。我有很多好吃的梨,拿出来请大家一同品尝。"有人说:"你既然有好梨,为何不自己吃呢?"道士说:"我需要这个梨核做树种。"

　　于是他大口大口地把梨吃下去,将梨核放在手上,解开肩上破土的工具,挖了个数寸深的坑,先把梨核放进去,然后又用土盖上,并向观众要水浇灌。喜欢凑热闹的人赶忙向路边小店要了一碗水，道士接过来浇在坑里。在众人的注视下，梨树的嫩芽出土了，渐渐长大，忽然间便长成了树；树叶茂盛，一会儿就开了花；又一会儿便结了梨，个儿大芳香，压弯了每个树枝。道士就从树上摘下梨送给观众，不一会儿的工夫就摘完了梨。

梨赠完后，道士就用长刀砍梨树，砍了很久，才把梨树砍倒。然后把还长着叶子的树干扛在肩膀上，非常从容地走了。

当道士开始变戏法时，乡下人也夹杂在人群里面伸长脖子，眼睛一动不动地看，竟忘记了卖梨的事。当道士走远后，他才回头看车子，发现满车子的梨都没有了。乡下人这时才醒悟过来，刚才道士分给大家的梨原来都是自己的梨。他又仔细检查车子，发现有个车把不见了，是刚刚砍断的。他十分愤怒，急忙去追道士。转过墙角，只见砍掉的车把被扔在墙脚下，而道士早已不知去向了。此事成为满街市民的一个笑柄。

第四回

 崂山道士

　　某县有一个姓王的人，兄弟排行第七，人称王七。王七是过去有名望的大家子弟，从小就羡慕道家的法术。他听说崂山那里仙人多，便打点行装出门去崂山访仙学道。

　　一天，他登上崂山的一个山顶，看到上面一座道院，环境十分清静幽美。一位道士端坐在蒲团（道家用以练功的蒲叶编成的圆形垫子）上，白发飘飘，一派仙风道骨的样子。王七走上前去，向道士叩拜，与道士交谈。他听到的都是些深奥微妙的道理。王七便要拜道士为师。道士说："恐怕你娇生惯养吃不了这里的辛苦。"王七答道："我能吃苦。"道士的徒弟很多，黄昏的时候都来到这里。王七与他们见面，一一行礼后，就留在道院里。

　　第二天大清早，道士便把王七叫到跟前，交给他一把斧子，让他随大家一起去山里砍柴。这样砍了一个多月的柴，王七的手脚都磨出了一层厚厚的茧子，可师父还是没有教给他什么本事。他受不了这种苦，暗地里产生了回家的念头。

　　一天晚上打柴归来，王七看到有两位客人与师父在一起饮酒。太阳已经落山了，还没有点灯。这时，只见师父剪了一块如同镜子一样的圆纸片,贴在墙壁上,一会儿就变成了一轮皎洁的月亮,照亮了整个屋子,顿时屋子里如同白昼,可以清晰地看得见人的汗毛。

许多徒弟围拢在师父和客人的四周听候吩咐。一位客人说:"这样美好的夜晚,不可不与大家同乐。"于是便从桌子上取过酒壶,把酒分给徒弟们,还告诉大家开怀痛饮,喝得一醉方休。王七想:这么多人,就喝这一小壶酒,什么时候能让我们喝醉?徒弟们急急忙忙地找到酒杯,争先恐后地端起壶来倒酒,唯恐酒喝光了,轮不到自己喝。可是,倒来倒去,壶中的酒就是不见少。王七心中非常奇怪。

一会儿,一位客人说:"明月照在咱们屋子里,我们这样默默饮酒也太寂寞了,为什么不把月宫里的嫦娥召唤出来?"于是他便把筷子抛向月亮,接着就看见一位美女从月亮中走出来。开始还不到一尺高,到了地上便与人一般大了。她身材苗条,舞姿翩跹,跳起了《霓裳羽衣舞》。舞后,又唱起了歌:"仙人啊,仙人啊!你回去过吗?为什么让我独自守着广寒宫?"歌声清脆高亢,像箫声那般悠扬。她唱完歌,又旋转起舞,一下子跳到桌子上来。正当大家惊讶万分的时候,嫦娥又变回了筷子。三个人纵声大笑。

这时,另一位客人说:"今晚真高兴,实在有点不胜酒力了。莫不如咱们到月宫里喝一顿离别酒吧。"于是,三个人搬桌移席,慢慢地进入月亮里。大家看到他们三个人坐在月宫中饮酒,连每个人的眉毛胡须都看得清清楚楚,好像他们的形象映照在镜子里一样。

过了一个时辰,月亮渐渐暗淡下去,徒弟点起蜡烛来,只见道士自己坐在那里,客人都不翼而飞了。再看桌上的残羹剩菜还在。墙上的月亮又恢复为一张圆形的纸片。道士问大家:"都喝好了吗?""喝好了!""喝好了就该早点睡觉,别耽误了明天砍柴割草!"大家答应着退了出去。王七心中暗暗欢喜,回家的念头暂时打消了。

又过了一个月整日砍柴的苦日子,王七实在熬不下去了,但道士还是没有传授给他一种法术。王七便向道士告辞说:"徒弟从几百里外来到这里,一心想跟老师学点仙术。即使得不到长生不老之法,能学到点小小的法术,也算满足了我的心愿。如今,已经过了三个月,只不过是早晨出去打柴,晚上归来睡觉而已。徒弟在家可从来没有吃过这样的苦。"道士笑着说:"我早就说你不能吃这份辛苦,现在果然如此。明天早晨便让你回家去。"王七说:"徒弟做了这些天的活,请师父多少教点小法术,也不枉我到仙山来一回呀!"道士说:"你让我教给你什么法术?"王七说:"经常看到师父走起路来,连墙壁都不能阻挡,只要学到这个法术我也就满足了。"道士笑着答应了。

于是,道士便教他念口诀,让他自己念咒之后,便叫道:"进去!"王七面对着墙壁,心里打怵。道士又说:"你试着往里走。"王七果然从容向前走去,到了墙跟前却被阻挡住了。道士鼓励他说:"你尽管低着头大胆往前走,不要犹豫不前!"王七在离墙壁几步远时,果敢地朝墙跑去,碰到墙就好像没有这面墙一样。回头一看,自己果然已经在墙外边了。王七大喜,进屋便感谢师父。道士说:"回去以后,应该排除私心杂念,否则,这个法术就不灵了。"于是,又送了点路费给王七,打发他回家了。

王七回到家里,自吹自擂地说他遇到神仙,学会了法术,就连最坚固的墙壁也不能阻挡他过去。他妻子不相信,王七便照着在崂山的样子,离墙几尺远便向墙猛地撞去。结果,只听得"嘭"的一声,王七一头撞到墙壁上,立即昏倒在地。妻子赶快扶他起来一看,只见头上鼓起了一个像鸡蛋似的大包。妻子讥笑他,王七恼羞成怒,破口大骂道士不是个好东西。

第五回
娇　娜

有一位读书人，姓孔，名字叫雪笠，是孔夫子的后代。他性情温雅仁厚，善于作诗。他有一位志趣相投、情深谊厚的朋友，在浙江天台县做县令，寄来书信邀他前去。孔生接到信后便去了。但他赶到时，不幸他的这位朋友已经去世了。孔生便穷困潦倒地流落在天台县，无法返回故乡，只好寄居在寺庙里，给和尚抄写经文，以维持生活。

寺庙西面百余步的地方，有单先生的一座大宅院。单先生过去是大家子弟，因为和人家打官司，弄得家境败落，人口稀少，便迁移到乡下去居住，这座宅院就空起来了。

一天，大雪纷飞，路上没有行人。孔生偶然走过单家门口，正好有一位少年公子从里面走出来。这位公子生得眉清目秀，仪态万方。一见到孔生就急忙赶上前来和他见礼，说了几句客气话后，便邀请孔生到家中坐坐。孔生很喜欢他，便爽快地答应了，随他一同走进去。

宅子里房屋不是很宽敞，可是到处都挂着锦缎幕布，墙上还挂着很多古人的字画，案头放着一册书，题为《琅嬛琐记》。孔生随手翻开看看，都是自己过去没有见过的。孔生以为少年公子居住在单家宅子,自然是单家的主人,也就不再询问他的家世情况。少年公子却详细询问了孔生来到这里的原因。他听后流露出十分同情的样子。接着,又劝孔生设立学堂教书授徒。孔生感慨地说:"我寄居在这里,又没有熟人,谁肯来推荐我呢?"少年公子说:"如果您认为我不是不可教育的话,我情愿拜您为师。"孔生听后大喜,但不敢充当公子的老师,情愿彼此以朋友相待。

接着,孔生又问道:"这座宅院为什么老是关着门?"少年答道:"这是单家的宅院,因为单先生在乡下居住,这座宅院便长期闲起来了。我姓皇甫,从祖上起就居住陕西地方,因为家宅被野火烧毁,只好暂借此宅安家。"孔生这时才明白,他原来不是单先生。

当晚两个人谈得非常融洽,就挽留孔生与他同床共寝。第二天,便有书童进屋来生起取暖的炭火。少年公子先起床,便走进了内室。孔生正围着被坐着,书童进来报告说:"老爷来啦!"孔生一惊,便起了床,只见一位鬓发斑白的老人,向他殷切地致谢,说:"先生不嫌弃我这顽皮愚昧的孩子,肯于教育他,我是非常感谢的。他刚刚开始学习,请不要以朋友相待。"说完便送上锦衣一套,貂皮帽子一顶,袜子和鞋各一双。老头看孔生梳洗完毕,便吩咐摆上酒菜。屋内的摆设,主人的穿着都十分华丽。斟过几遍酒后,老头便起身告辞,拄着拐杖走出去了。吃完饭后,少年公子送上他所做的作业。孔生一看都是古诗文,没有社会上流行的科举考试用的八股文。孔生便问少年这是什么缘故,少年笑着回答说:

"我不想参加科举考试求官做。"

夜幕降临，又摆上了酒宴。少年公子说："今晚请您尽情欢饮，明天我们就正式开始上课了。"他又叫过书童，说："你去看看老爷睡觉没有？如果睡了，悄悄叫香奴来。"书童去后，一会儿，先用绣袋装着琵琶送过来。不久，一位丫鬟走进来。只见她穿着红装，艳丽媚人。少年公子叫她弹《湘妃怨》曲子，丫鬟便用象牙琴拨子拨动琴弦，发出激扬哀怨的声音。弹完后，又让香奴用大杯斟酒。两人一直喝到三更天。

第二天清晨，他们便一起读书。少年公子异常聪颖，读书过目不忘。两三个月后，他下笔写诗作文，令人称赞不已。他们约定五天一饮酒，每次饮酒都唤香奴陪伴。

一天晚上，孔生喝得酩酊大醉，两眼便不住地盯着香奴看。少年一见这情景便明白了孔生的心意，说："这个丫头是我父亲所抚养的。先生远离家乡，又无妻室，我早就为此考虑过，要为你选择一位美丽的伴侣。"孔生说："果然真有好伴侣给我，我一定要像香奴这样的。"少年笑着说："你可真是少见多怪的人，如果认为香奴是美丽的，那么你的眼光也太低了。"

半年后的一天，孔生想到城郊去游玩，走到大门口，看见两扇大门从外面锁着，便问是什么缘故。少年说："我的父亲恐怕郊游人太多，分散精力，所以闭门谢客。"孔生知道这个缘故后，也就习以为常了。

当时，正值盛夏潮湿闷热，便把书房移到园中亭子里。孔生胸脯上起了个像樱桃似的包，一宿便肿得像饭碗那样大,痛得他哼哼呀呀。少年早晚都来看望,吃饭、睡觉都耽误了。又过了几天,孔生痛得更厉害了,连吃饭也不能了。老爷也来探望,看后父子俩愁得相对而叹。少年说:"我前天晚上想,老师的病,娇娜妹妹能治,便派人到外婆家去叫她回来。但不知为什么这么久还没有来?"说话间,书童进来说:"娇娜姑娘到,姨娘和松姑娘也一同来了。"皇甫父子听了后,急忙进入内室。不一会儿,少年便引着娇娜来看孔生。

娇娜年约十三四岁,美艳聪慧,窈窕多姿。孔生一见娇娜这么漂亮,连哼哼呀呀也忘了,精神立即为之一振。少年趁机便介绍说:"这位是哥哥我的好朋友,胜过同胞兄弟,妹妹好好给他治一治。"姑娘听后,收起了羞涩,挽起长袖子,走到床前看望。

诊脉时,孔生只觉得她一身香气袭人肺腑。姑娘笑着说:"这病虽然危险,但还能治,只是皮肤肿块,非剥皮削肉不可。"于是姑娘撸下手臂上的金镯子,按在患处,慢慢地压下去,肿疮突然鼓出一寸左右,高出镯子外,而疮的肿根也都收在镯子里,不像以前饭碗那样大了。姑娘另外一只手撩起衣襟,解下佩刀,那刀刃薄如纸。姑娘按着镯子,手握刀轻轻地从疮的根部割削,紫血外溢,污染了床席。孔生贪恋接近漂亮姑娘,不但不觉得疼痛,反而怕割得太快,不能长久与姑娘接近。不多时,削掉的一团团烂肉像从树上割下的木疙瘩。姑娘又叫人拿水来,将割处洗净。接着她口中吐出一颗红色小丸,如同弹丸大小,放在患处,按住它旋转。刚转一圈就觉得热气蒸发,再转一圈,如同微风吹拂那样使人痒痒,三圈以后,全身都感到清凉舒适。姑娘收回红丸放入喉咙里,说声:"好了!"便快步走出房去。孔生跳起来赶上前去致谢,自己感到仿佛突然大病痊愈了一样。

从此以后,孔生倾慕姑娘的美貌,思念的心情再也抑制不住了。他常常呆呆地坐着,心情烦闷,百无聊赖。少年公子已经看出孔生的心思,说:"我已经为您物色到一位美丽的伴侣。"孔生问:"是谁?"少年答道:"也是我的亲属。"孔生痴痴呆呆地想了半天,只说了一句:"不需要了。"便转过脸来对着墙壁吟了两句诗:"曾经沧海难为水,除却巫山不是云。"少年明白了孔生的心思,说:"父亲欣赏您的文才,常想与您联为翁婿,但家中只有这个小妹,年龄太小。我姨娘有个女儿,名叫阿松,十八岁啦,并不难看,如果你不相信,松姐白天游园的时候,你在前厢房等着,便可以看到她。"孔生按照公子教给他的方法去做,果然看到娇娜陪着一位美女走过来。那美女蛾眉弯弯,秀足纤纤,与娇娜不相上下。孔生一看心中大喜,忙请少年做媒。第二天,公子从内室走出来后,便对孔生贺喜说:"事情妥当了。"于是打扫庭院,给孔生举行了婚礼。当晚,鼓乐齐鸣,热闹非凡。孔生想到盼望中的仙女竟能同自己同帐共衾,真怀疑自己好像在天宫里生活。

一天晚上,公子对孔生说:"您对我的学业上的帮助,永远不能忘记。最近单先生已经打完官司归来,索还宅院非常紧急,我们想离开这里到西边去。这样我们就很难再欢聚在一起了。因此别离的悲哀,一直充满在我的心头。"孔生表示愿意和他们一起西去。少年劝他回家乡去。孔生感到很是为难。少年说："不用为难，可以立即送您启程。"说话间，老爷领着松娘来到，并把一百两黄金赠送给孔生。少年伸出左右手让孔生夫妇把握住，嘱咐他们闭上眼睛不要看。孔生感到飘飘然在空中行走，只听得耳边风声呜呜地响。过了很久，少年说："到了。"孔生睁开眼睛一看，果然回到了自己的家乡。这时孔生才知道少年公子不是平凡的人。他们高兴地去敲家门，孔生的母亲完全没有想到儿子会突然回来，又看到这样一个漂亮的儿媳妇，大家都兴高采烈。等他们回头一看，公子已经不见了。松娘侍奉婆母很孝顺、贤惠。她生了一个男孩，起名叫小宦。后来，孔生考中进士，被任命为延安府司理官，便带着家属上任了。

不久，孔生因冒犯了御史，被罢官，不得不离开这里归乡。一天，孔生偶然在郊外打猎，遇到一位俊俏的少年，跨着一匹小黑马，不住地看他。他仔细一看，原来是皇甫公子。他们各自拉住缰绳，停了下来，悲喜交加。公子便邀请孔生到家里去。他们走到一村，树木丛生，浓荫遮日。一进宅门，门庭设施如同大家世族。孔生打听娇娜，知道她已经出嫁，岳母也去世了。彼此感叹不已。孔生住了一宿离开后，又陪着妻子松娘一同来。这时正好娇娜也来了。她抱着孔生的孩子，上上下下地看，逗弄着玩，说："姐姐可乱了我家的种了！"孔生拜谢她过去给自己治病，娇娜笑着说："姐夫贵人呀，疮口已合，没忘记痛吗？"妹夫吴郎也过来拜见，他们住了两宿才走。

一天，公子满面愁容地对孔生说："老天要降灾祸，不知您能否相救?"孔生虽然不知是什么难事,但还是慷慨地承担下来。公子立即走出去,招呼一家子人围着孔生跪拜在堂上。孔生大惊,慌忙追问。公子说:"我非人类,是狐狸。今有雷霆之灾。您要肯为我们赴难,我们一家人就有活路。否则,请您抱着您的孩子快走,不要因为我们受害。"孔生发誓要与他们共生死同患难。于是公子让孔生拿着剑站立在门口,并嘱咐他说:"任凭雷霆轰击,你也不要动!"孔生按照他所教的去做。果然只见乌云滚滚,天突然昏暗下来,回头一看所住的地方,不见了门户,只看到一个大坟堆,一个无底深洞。

正在吃惊的时候,轰隆一声,地动山摇,狂风暴雨大作,连老树都拔了起来。只震得孔生眼黑耳聋。但他还是屹立不动。忽然,在浓云密雾中,一个像鬼一样的怪物,尖嘴利爪,从洞中抓出一个人来,随烟而上。孔生一看衣服及鞋袜,好像是娇娜。于是急忙向上一跳,挥剑砍去,随手堕落一物。这时突然一个霹雳,孔生立即被击倒在地,昏死过去。

一会儿的工夫,云开雾散,娇娜苏醒过来,看到孔生昏死在自己的身边,便大哭说:"孔郎为我而死,我还活着做什么?"松娘也赶来,一起抬着孔生进屋。娇娜让松娘捧着头,她哥哥用金簪撬开孔生的牙齿,娇娜捏着孔生的两颊,使孔生开口,并用舌头把红丸送入孔生口中,接着又嘴对嘴地进行人工呼吸。红丸随着气流进入了喉咙,立即发出格格的响声。

过了一会儿,孔生苏醒过来了。他看到亲属们都站在自己的眼前,仿佛做了一场梦才醒过来似的。于是一家团聚,惊喜万分。孔生认为墓穴不可以长期居住,便与他们商量一起回到自己的故乡去。一屋子人都称赞这个主意好,唯独娇娜不高兴。孔生想邀请娇娜和吴郎一起去,但又怕吴郎父母离不开他们,商量一天也没有结果。

突然,吴家的一个小奴仆,汗流浃背气喘吁吁地跑来。大家惊恐地盘问他。原来吴郎家也在同日遭到劫难,一家人都死了。娇娜悲伤地大哭起来,大家都走过来安慰她。这样,娇娜便与孔生一起回到故乡的事才定下来了。

孔生入城料理了几天后,便急忙连夜整理行装,回到家乡。孔生用闲置的园庭安置皇甫一家,把园子门锁上,只有孔生和松娘来到时才打开门。孔生与皇甫兄妹下棋、饮酒,日子过得十分惬意。孔生的儿子小宦长大,容貌很是漂亮,但时时显露出狐狸性情。他到城里去,人家都知道他是狐狸所生的孩子了。

孔生在前厢房看见阿松

第六回

王 成

王成原本是山东平原县的大家子弟,只因为人过于懒惰,生活日渐贫困,到最后仅剩下几间破屋,夫妻俩连床都没了,只得睡在乱麻中,因此经常吵架。

有一年夏天,天气非常炎热,村里很多人便到村外周家废园中纳凉,王成也在其中。周家废园里房屋都已倒塌,只有一个亭子还算完好。纳凉的人便睡在这亭子里。

有一天拂晓,村里的人都回去了,到太阳升得老高时,王成才起来。正打算回去时,忽然发现草丛里有只金钗。捡起来一看,见上面刻有"仪宾府制"几个小字。王成的祖父曾当过衡王府姑爷,称为仪宾,家中过去收藏的旧物,多半是这个款式。因此,他拿着金钗犹豫不决。忽见一个老婆婆来找金钗。王成虽然素来贫穷,但为人正直,便马上把金钗还给她。老婆婆很高兴,并满口称赞王成品行好。她说:"金钗本身值不了多少钱,只因为它是我丈夫的遗物。"王成问她的丈夫是谁,她回答说:"已故去的仪宾王柬之。"王成吃惊地说:"他是我祖父。你是怎么见到他的?"听了这话,老婆婆也有几分惊诧,她说:"这样说来,你就是王柬之的孙子呀?我本是一个狐仙,一百多年前与你祖父成亲。你祖父死后,我就隐居去了。我经过这里丢了金钗,恰好落到你的手里。这难道不是天意吗?"

王成过去曾听说过祖父有个狐妻,于是便相信了她的话,并请她一同回家。老婆婆便与王成一起走到家。到了家,王成赶忙招呼妻子出来相见。他妻子穿着破衣,脸色菜黄带黑。老婆婆不禁叹息起来:"唉,想不到王柬之的孙子,竟穷到这等地步!"她看见破灶上什么食物也没有,问道:"家里穷得这样,你们靠什么度日啊?"王成的妻子便诉说家中的困境,说着说着竟泪眼汪汪,泣不成声。老婆婆听了以后便将自己的金钗送给王成的妻子,让她到市上换钱买米,并约好三天后再见面。王成挽留她,她说:"你连自己的妻子都难养活,我如果留下来住,只能望着空房子发愁,有什么好处呢?"于是她便走了。她走了以后,王成向妻子说明情况,妻子听了害怕起来。王成称赞老婆婆好,要妻子好好侍奉她。妻子答应了。

过了三天,老婆婆果然来了。她拿出一些银子,买回一石米一石麦。晚上与王妻睡在短床上。王妻开始有些恐惧,但看她很善良,也就不再害怕了。

第二天,老婆婆对王成说:"孙儿,你不要懒惰,应该做点小生意,坐吃山空怎么能长久?"王成说没本钱做生意。老婆婆说:"你祖父在世时,钱银任我拿。我因为是个世外人,不需要钱,所以从未多要。节省下来的四十两体己钱,至今还保存着,你拿去买些葛布,马上进京城去卖,可以赚点钱。"

　　于是,王成买了五十匹葛布回来。老婆婆叫他动身,说六七天就可以到京城。她一再嘱咐王成:"你一定要勤快些,千万不能偷懒。行动要快,不可拖拖拉拉。要是迟了一天,后悔就来不及了。"王成恭敬地答应了。他带着葛布上了路,不料,途中遇雨,衣服和鞋袜都湿透了。王成这辈子还从来没吃过这种苦,几天下来,早已疲惫不堪,只好住进旅店。想不到阴雨连绵,第二天雨下得更大了。他见过往旅客,一个个都被雨淋得狼狈不堪,心里更是叫苦不迭。到了中午,空气刚有点干燥,不一会儿又阴云密布,大雨滂沱。王成无奈又住了一夜。等他快到京城时,听说葛布价钱很贵,心中暗暗高兴。但进京后住进客店一问,才知道为时已晚,连店主都对他晚来一步感到惋惜不已。

　　原来,一开始的时候,南边道路才通,葛布很少,而官府大户购买葛织品非常急迫,葛布的价钱顿时涨了三倍。前一天,官府大户已买足了布,布价自然也就跌下来了。王成得知这一消息后烦闷不安。又过了一天,葛布越来越多,价钱却越来越低。王成认为无利可赚不能卖。又过了十多天,食宿费已花去不少,而布还没卖出去,王成的心中更加烦闷。店主劝他低价卖掉葛布,再做其他生意。王成接受了他的意见,把带来的葛布全卖出去了,但本钱却亏了十几两银子。

　　第二天早晨起床,打算收拾收拾回家,但拿出钱袋一看,发现卖布的钱全部被人偷走了。王成赶忙告诉店主,店主也无计可施。有人鼓动他去告店主,要店主赔偿。王成却说:"是我命不好,与他无关。"店主听说后很感激他,送他五两银子做路费。

王成觉得这样空着手回去没脸见祖母,他思来想去,进退两难。正在这时候,他看见斗鹌鹑的,一赌就是几千两,而买一只鹌鹑,只不过花百枚铜钱。他忽然想到,用身上的钱买鹌鹑也够了,于是马上同店主商量这件事。店主竭力怂恿他干,并表示不收他的食宿费。王成很高兴,买了一担鹌鹑又进京城。店主也很高兴,希望他尽快把鹌鹑卖掉。

到了夜里,一场大雨倾盆而下,街道上水流成河,王成只好坐等天晴。但雨连着下了好几天,笼子里的鹌鹑渐渐死去。王成焦急万分,但一时又想不出好办法。过了一天,鹌鹑死的更多,一担鹌鹑而今只剩下几只,于是便把它们装在一个笼子里饲养。谁知过了一夜,只剩下一只活鹌鹑了。王成流着泪把情况告诉店主,店主也很为他可惜。

王成心想,钱也花光了,家也回不去了,干脆一死了之。好心的店主一再劝他、安慰他。店主和王成去看那只仅存的鹌鹑,他仔细观察了鹌鹑后对王成说:"这只鹌鹑非同寻常,那些鹌鹑很可能是被它斗死的。你反正没事,不如带它出去斗斗,如果它是善斗的鹌鹑,你靠它也可以谋生。"

王成觉得店主说得在理,便去认真地驯养那只仅存的鹌鹑。驯养好鹌鹑后,店主要王成带着它到街上赌酒食。王成养的那只鹌鹑很勇健,常常大胜而归。店主得知后很高兴,他送钱给王成作赌博的本钱,让他的鹌鹑继续与别人的鹌鹑斗。结果,王成的鹌鹑三战三胜。这样过了半年多,王成积攒了二十多两银子。此时,王成的心里觉得宽慰多了,他已把鹌鹑视作性命一样贵重。

有个大亲王好斗鹌鹑,每逢元宵节,总是让老百姓带着鹌鹑到府中斗。这一年的元宵节快到了。店主对王成说:"你发大财的机会来了,只是不知你的运气怎么样。"店主便把大亲王与百姓斗鹌鹑的故事讲给王成听,并带着王成前去亲王府。他嘱咐王成:"斗败了,你自认倒霉就是了;如果万幸赢了,亲王必定要买你的鹌鹑,你先不要答应,如果他强迫你,你就看我的眼色行事,我点头后你才能答应。"王成说:"那好。"

到了亲王府,只见许多斗鹌鹑人站在台阶下。一会儿,王爷出来了。他的随从招呼说:"愿意斗鹌鹑的上来。"马上有个人拿着鹌鹑上前,王爷说放鹌鹑,那个人也放了鹌鹑。两只鹌鹑略斗了几下,那人的鹌鹑便败下阵来。王爷开怀大笑。过了一会儿,已有好几个人的鹌鹑都被王爷的鹌鹑斗败了。

店主对王成说:"该我们上了。"两人一同上殿。王爷看了看王成的鹌鹑说:"满眼杀气,是个善斗的,不可轻敌。"他命令随从放"铁嘴"鹌鹑来斗。只几个回合,"铁嘴"鹌鹑即大败。又换了几只善斗的鹌鹑,同样被斗败了。王爷急忙命令取宫中的玉鹑来斗。那玉鹑长得一身白毛,如同白鹭,神态不凡。王成胆怯,跪着请求停斗,他说:"王爷的鹌鹑,是神物,若伤了我的鹌鹑,就砸了我的饭碗。"王爷笑着说:"放鹌鹑。如果你的鹌鹑斗死了,我会重赏你的。"王成这才再放出鹌鹑。玉鹑看见王成的鹌鹑出笼,便径直奔过去。当玉鹑刚冲过来,王成的鹌鹑像发怒的鸡一样伏身待战。玉鹑狠啄时,王成的鹌鹑像鹤一样腾飞反击。两只鹌鹑或进或退,或攻或守,相持近一个时辰也没分出胜负。最后,玉鹑渐渐松懈,而王成的鹌鹑则越斗越怒、越急。不一会儿,玉鹑身上的毛像雪花般掉落,垂着翅膀逃走了。

观战的人成百上千,他们都赞赏王成的鹌鹑善战。王爷亲手拿起王成的鹌鹑,从嘴到爪细细察看一番,然后问王成:"卖不卖?"王成回答:"我没有任何财产,只与这只鹌鹑相依为命,不想卖。"王爷说:"赏你大价钱,使你拥有中产人的财富,这样你就乐意卖了吧?"王成低头沉思,半晌才说:"我本不愿卖,既然王爷喜欢它,又能使小人不愁衣食,我当然愿意。"王爷要他出价,他说要一千两银子。王爷笑着说:"痴汉!这是什么宝物价值千金?"王成解释说:"王爷不把它当成宝物,我却把它当无价之宝。"王爷问为什么,王成说:"我带它到街上斗,每天可赢些柴米钱,一家十几口人就没有挨冻受饿之忧,什么宝物能和它比?"听王成这么一说,王爷也换了口气,说:"我不亏待你,给你二百两。"王成摇了摇头。王爷又加了一百两,王成看看店主,只见他不动声色,就说:"看在王爷的面子上,减一百。"王爷见他不肯多让,不高兴地说:"算了吧!谁肯花九百两买只鹌鹑。"王成假装要把鹌鹑带走。这时,王爷喊了一声:"你过来,你过来!我出六百两,你同意就卖,不同意就罢了。"王成又看了看店主,见他仍不动声色。王成自己已感到心满意足,怕失去良机,就对王爷说:"这个价,实在不乐意卖,但不卖又得罪不起王爷。没办法,就依你说的那个价吧。"王爷大喜,叫人称好银两交给他。王成拿到银两后便向王爷告辞,出了亲王府。店主在路上埋怨他说:"我是怎么告诉你的?你却急着要卖,否则,再讲讲价,八百两就稳稳地到手了。"

回到店里,王成把银子放在桌上。他让店主自己拿银子,店主不肯要。王成再三推让,店主就收了他的食宿费。

王成收拾行李回到家,对家里人讲了详细经过,并把银子拿出来庆贺。祖母叫他买了三百亩良田,修房屋,打家具,使一个穷人家又变得像个世家。每天清晨,祖母早起,督促王成管理田庄,督促王妻织布。王成夫妇稍有懈怠,祖母便训斥他们。夫妇二人对祖母也不敢有怨言。又过了三年,家中更富裕了,老婆婆要离开。夫妇二人哭着挽留她,她答应了。

可是,第二天天亮时,她已不见了。

第七回

聂小倩

浙江人氏宁采臣，为人慷慨豪爽，清廉自重。他常常对人说："我这个人平生不好女色。"

有一次，宁采臣到金华去。走到城北后，他进一座寺庙里休息。只见寺庙大殿宝塔十分壮丽，但地上却长满了比人还高的蓬蒿，显然，这里已很久没有人来过。再往里看，东西两边僧人居住的房舍，门都虚掩着，只有南面一间小屋的门上，好像挂着一把新锁。殿东角有一片茂密修长的竹子，台阶下有个大池子，里边丛生的野藕已经开花。宁采臣很喜欢这个幽静的地方，况且，这期间城里房价飞涨，因为学使大人来到金华，参加考试的学子很多。宁采臣决定暂时就住在这座寺庙里。他心想，这寺中的和尚也不知道什么时候回来，我何不散散步等他们呢？于是，他独自在寺中漫步。

傍晚时，有个读书人来开南面小屋的门，他赶忙上前行礼，并把自己想在这里留宿的打算告诉给对方。那个读书人说："这里没有房主，我也是个在这里借宿的人。你不怕冷清就住在这里，我早晚都能向你讨教，真是不胜荣幸。"宁采臣很高兴，他铺了些蒿草当床，又架起木板当桌子，看来是准备在这里住些日子。

这天夜晚月光皎洁,宁采臣和那位书生在大殿的走廊里促膝长谈。书生说自己姓燕,叫燕赤霞。宁采臣以为他是来应考的秀才,但听他的口音,一点儿也不像浙江人。一问,才知道他是陕西人。两人说了半天话,才各自回床就寝。

宁采臣每次在陌生的地方过夜,总是很久难以入睡。这一次也不例外。正在他欲睡未睡之际,却只见北边房里有人在窃窃私语,好像住有家眷。于是,他起身趴在北墙石窗下,悄悄看了一眼。只见短墙外一个小院落里,有一位四十多岁的妇女,还有一个老婆婆,她穿着暗红色外衣,头上插着银梳子,一副老态龙钟的样子。原来是她们俩在月下说话。那妇人说:"小倩为什么很长时间没到这里来?"老婆婆说:"或许是她的相好来了吧。"妇人说:"她没向姥姥发牢骚吗?"老婆婆回答:"虽没听她发什么牢骚,但她看起来好像心情不愉快。"妇人又说:"对这个小丫头不能太好了!"话未说完,就有个十七八岁的女孩进来了,模样好像很美。老婆婆笑着说:"背后不说人,我们两个正说你呢,没想到你这个小妖精悄悄进来了,幸亏我们没说你什么坏话。"老婆婆接着说:"小娘子长得好比画中人,我要是个男人,也会被你把魂勾跑。"女孩说:"姥姥不夸奖我几句,还有谁会说我好?"妇人和女孩子说了些什么,宁采臣没有听清。他以为她们是燕书生的亲眷,所以躺在床上不再听她们说话。

过了一会儿,寺庙里一片寂静。宁采臣刚要入梦境时,觉得好像有人进了他的卧室。他急忙起身一看,发现是北院那个叫小倩的女孩子进来了。他不由得吃了一惊,问她进来干什么,她说想跟他一起睡。宁采臣一本正经地说:"你不怕别人议论,我还怕别人说闲话呢。偶然一失足,就会成为一个道德沦丧的无耻之徒。"女孩说夜里没人知道。宁采臣吼道:"快走开!要不然,我就要喊南边小屋里的人了。"听了这话,那女孩有些害怕,只好走开了。刚走出门又转身回来,把一锭金子放在宁采臣的床褥上。宁采臣马上把它扔到院子的台阶上,斥责说:"不义之财,弄脏了我的口袋。"女孩羞愧地拣起金子走了,嘴里还说:"这个男人真是铁石心肠。"

第二天一早,有个兰溪的书生带着一个仆人来应考。他们住在寺庙的东厢房里。不料,书生竟在当天夜里暴毙了。死后发现,他的脚板心有个小孔,像是被锥子刺的,还有一缕缕血丝流出来了。大家都不知道这是怎么回事。过了一个晚上,书生的仆人也死了,症状和书生一模一样。

晚上,燕生回来了。宁采臣问他知不知道那二人的死因,他认为这是鬼魅干的。宁采臣为人耿直,根本没把鬼的事放在心上。到了夜里,那个女孩子又来找他。她对宁采臣说:"我见过的人多了,但没有像你这样刚直的人。你有圣贤的品德,我不敢欺骗你。我叫聂小倩,十八岁就病死了,埋在这座寺院旁,不幸遭受妖物的威胁,干了不少伤天害理的下贱勾当。我用容颜去迷惑别人,这本来并不是我愿意做的。现在这寺中没有人可以杀,鬼夜叉很可能要来杀你。"宁采臣听了这话,十分惊骇,他请求小倩帮他想办法。聂小倩说:"你跟燕赤霞住在一屋便能免除凶灾。"宁采臣问了一句:"为何不去迷惑燕赤霞?"小倩回答说:"他是个奇人,鬼妖不敢接近他。"宁采臣又问:"你们怎么样去迷惑人呢?"聂小倩说:

"和我亲昵的人,我悄悄用锥子刺他的脚心,这样,他很快就昏迷过去了,于是我再吸他的血给妖怪喝。有时候,我用金子去迷惑人,其实那不是金子,而是罗刹鬼的骨头。这东西留在谁那里,就能把谁的心肝掏去。这两种方法,都是迎合当今人们贪财好色的心理。"宁采臣问她什么时候戒备,她说明天晚上。临别时,小倩哭着说:"我掉进了大海,找不到岸。你是仗义君子,一定能救苦救难。如果你能把我的朽骨带到一个清净的地方安葬,我将感激不尽。"宁采臣答应了她的要求,问她的坟在哪里,她说:"请记住,有乌鸦巢穴的白杨树下便是我的坟墓。"说完出门,片刻消失不见了。

第二天,宁采臣恐怕燕赤霞外出,便早早到他房里,邀请他喝酒。酒菜准备好了。在酒席上,宁采臣留意观察燕赤霞。饭后,宁采臣表示想与燕生同屋睡,燕赤霞推辞说自己喜欢清静,宁采臣不听,到了晚上,强行把铺盖都搬过来了,燕赤霞不得已,只好跟他同睡。他嘱咐宁采臣:"我知道你是个大丈夫,对你也很钦佩。不过,我有些私事,不便明说。请你不要翻看我的小箱子。否则,对你我二人都没好处。"宁采臣很恭敬地答应了。后来,各自就寝。燕赤霞临睡前把小箱子放在窗台上,过了一会儿,就鼾声如雷了。

宁采臣半天也睡不着。大约一更时分,他发现窗外隐隐约约有人影,正慢慢靠近窗户朝里看,目光闪闪。宁采臣很害怕,正要喊叫燕赤霞,忽然听见有个东西从小箱子中飞出,像一匹白绸缎闪闪亮,折断窗户上的石格,猛然一射,随即像电光一样熄灭了。这时,燕赤霞醒来起身,宁采臣假装睡着了,在暗中观察他。只见燕赤霞拿起箱子检查,从里面取出一个东西,映着月光嗅了嗅。那东西亮晶晶的,大约有两寸长,一片韭菜叶子大小。然后,燕赤霞把它紧紧包牢,又放进箱子里。燕赤霞自言自语:"什么老妖怪,竟敢有这么大的胆子,把我的箱子都给弄坏了。"于是,他又躺下来。宁采臣觉得太奇怪了,便起身问燕赤霞,并把刚才所看到的情节都告诉了燕赤霞。燕赤霞说:"既然我们已成好朋友,我也就不必再隐瞒了。我是个剑客。要不是那个石格子阻挡,妖怪当时就会死的。虽说这次没死,但已受了重伤。"宁采臣问他刚才藏起来的是什么东西,燕赤霞说是剑,并说刚才闻它,上面有股妖气。宁采臣说想看看这柄剑,燕赤霞拿出来给他看,原来是一柄亮闪闪的小剑。第二天一早,宁采臣到窗外查看,发现地上有摊血迹。这天,宁采臣走出寺院,在寺院北边,他看见一片荒冢。再一看,果然有棵白杨树,树上有个乌鸦巢。

宁采臣办完事以后,急忙整理行装准备回家。临行前,燕赤霞设宴送行,并把破皮囊赠送给宁采臣,他告诉宁采臣:"这是剑袋。你好好收藏,它可以避妖怪。"宁采臣想跟他学剑术,燕生说:"像你这样信义刚直的君子,本来是可以学的,但你是富贵阶层的人,不是干我这一行的。"宁采臣撒谎说有个妹妹葬在寺院北边,打算迁葬。于是,他挖出聂小倩的朽骨,用衣衾包好,租船返回家。

宁采臣的书斋靠近郊野。他回家后就将小倩的坟建在斋外。建好安葬后,他祭祀说:"可怜你孤零零的,把你葬在我小屋旁边,这样,你的悲欢我都能听见,而且,这里也不会有恶鬼来欺凌你。一杯水酒,不成敬意,请不要嫌弃,把它喝了吧!"他祝福完以后正准备回家,忽然听见身后有人喊道:

"请等等我!"回头一看,竟是小倩。聂小倩笑着谢宁采臣:
"你的信义,我永远也报答不尽。请让我随同你回去,拜见婆
婆,就是做个丫头小妾也心甘情愿。"宁采臣细细打量她,见
她肌肤细嫩,小脚尖尖,身材苗条,妩媚动人。于是,便带她
一同回到书斋。宁采臣让她先坐一会儿,他先进去告诉母
亲。他母亲听说后感到很吃惊。当时,宁采臣的妻子已病了
很长时间,母亲叫他不要声张,以免刺激病人。他们母子正
说着话,聂小倩已悄悄进屋,跪在地上拜见宁采臣的母亲。
宁采臣介绍说:"这就是小倩。"宁母惊慌地看了看她,心里很
害怕。聂小倩说:"我孤身一人,远离父母兄弟。承蒙公子关
照,使我摆脱了困境。因此,我愿意侍奉他,以报答他的恩
德。"宁母见她模样很可爱,才敢与她说话。宁母说:"姑娘肯
照顾我儿子,我这个老太婆当然很高兴。只是我一生仅养了
这个儿子,要靠他传宗接代,不敢让他娶个鬼妻。"小倩说:
"我真的没有二心。九泉之下的人既然得不到您的信任,那
就让我把公子当兄长对待,听候您老人家的吩咐,早晚伺候,
行不行?"宁母觉得小倩的话说得很真诚,便答应了。小倩说
她想拜见嫂夫人,宁母推辞说宁妻患病在床,多有不便。小
倩也就没有去。接着,小倩立即到厨房,给母亲做饭。她在
宁采臣家进进出出,穿堂入室,像是来了很长时间一样,一点
都不陌生。

　　天黑以后,宁母有些怕她,要她先回去睡觉,却不给她准
备床被。小倩意识到这是宁母赶她走的信号,于是,她就走
了。经过宁采臣的书房时,她想进去,又不敢进,在门外徘
徊。宁采臣叫她,她说:"房里有剑气,让人害怕。前些时候

在路途上不敢见你,也是因为害怕剑气。"宁采臣想起是因为那个皮袋的缘故,于是就把它取下来挂到别的房间里去了。这样,小倩才敢进屋里来,坐在灯下边。过了一阵子也不说话,又过了好长时间,小倩才说道:"我小时候读过《楞严经》,现在忘了一大半。我想向你借一卷看看,夜里有时间就请哥哥教教我。"宁采臣答应了。到半夜的时候,小倩还不走,宁采臣催她回去睡觉。小倩难过地说:"我这他乡的孤魂,真怕那荒坟的凄凉啊!"宁采臣说:"书房里只一张床,况且兄妹之间也应该避避闲话。"小倩站了起来,满面愁容,眼泪几乎掉了下来,脚也因为愁苦而迈不开步,恋恋不舍地离开书房,一下台阶,人就不见了。宁采臣心里真可怜她,想留她住在另外的小床上,可是又怕母亲不高兴。

第二天一早,小倩向宁母请安,端水给她盥洗,家务活忙个不停,样样都合宁母的心。傍晚时,小倩自动离开书斋。她经过书房时,经常借着烛光念经,直到宁采臣要睡觉时才凄然离去。本来,自从宁妻病倒以后,宁母便操持起所有的家务,她已疲劳不堪。自从小倩来到家以后,宁母就清闲多了。天长日久,宁母和小倩渐渐熟悉,她对小倩也越来越疼爱。到后来,宁母已忘记小倩是个鬼变的,而不忍心晚上叫她走,便把她留下来和自己一起睡。小倩初来时,不吃不喝,半年后才开始吃点稀饭。宁采臣母子都很喜爱她,从来不说她是鬼。不久,宁妻病逝了。宁母想收小倩做儿媳,但怕她不能生儿育女,小倩说采臣将有三个男孩,不会因为有鬼妻就没有后代。于是,宁家大办酒席,遍请亲友。婚礼那天,小倩穿戴一新,大大方方地出来见亲友,令满堂亲友都看呆了。

人们没怀疑她是鬼，而以为她是仙人。

一天，小倩低头坐在窗前，神色很是不安。忽然问宁采臣说："那个皮袋在哪里？"宁采臣说："因为怕吓着你，我把它收起来了。"小倩说："我接受人气已经很久了，不再怕了，取出来挂在床头吧。"宁采臣追问小倩为什么要这样做，小倩说："三天来，我心神不安，想必是那个老妖婆恨我远走高飞，说不定早晚寻到这里来。"宁采臣听后就把皮口袋拿了出来。小倩反复地看，说："这是剑仙装人头的呀。破成这个样子，不知道杀了多少人！我现在看见它，身上还起鸡皮疙瘩呢。"说罢，就把皮口袋挂在了床头。

第二天，小倩又叫把皮口袋挂在门上。夜里小倩夫妇正在灯下坐着，忽然，唰的一声，有个东西像鸟一般飞来了。小倩吓得连忙躲到幔帐后面。宁采臣一瞧，飞来的那个东西长得像夜叉，两只眼睛闪闪发光，血红的舌头伸在嘴外，张牙舞爪地奔过来，刚到门口，就退回去了。转悠半天，一点一点地走近那个口袋，伸出爪子就去摘，简直要把皮口袋撕碎了。忽然，皮口袋"咔哧"一声，鼓得像个大抬筐，仿佛有个大鬼从里面探出身来，一把将夜叉抓进去，即刻没声了。皮口袋又缩成了原来的样子。宁采臣看着，又害怕又惊奇。小倩走出来，十分高兴地说："没事了。"宁采臣和小倩再看看皮口袋，只见里面不过剩下数斗清水而已。

几年后，宁采臣考中进士，小倩也生下一个男孩。后来宁采臣又娶了个妾，和小倩又各生了一个儿子，三个儿子长大后都做官成名了。

第八回

陆 判

陵阳有个书生名叫朱尔旦,性情豪放,只是头脑有点笨,所以虽然学习很用功,却还没有功名。

有一天,朱尔旦同一帮写诗作文的朋友在一起饮酒。有人跟他开玩笑说:"你有豪放之名,如果能在深夜到阎罗殿,把左边走廊的那位判官背到这里来,我们大家就凑钱设宴请你。"

原来,陵阳有座阎罗殿,殿里供的神鬼像都是木雕的,但经过精心装饰,他们都跟活了似的。站立在东廊的判官,绿脸红须,相貌尤为狰狞可怕。有人曾在夜里听到过两侧走廊有拷打讯问的声音。即使大白天进去,也叫人毛骨悚然。因为朱尔旦豪放胆大,所以大家就拿这件事来刁难他。但朱尔旦却不以为然,只见他对大家笑了笑,真的奔阎罗殿去了。

过了一会儿,他就在门外大叫:"我已经把大胡子判官大人请来了!"大家一听喊叫,都站起来了。这时,朱尔旦背着那个木雕的判官进了屋,把他放在桌子上,给他敬了三杯酒。在场的人见此情景,都吓得发抖,一个个坐立不安。他们只好请求朱尔旦把判官背回阎罗殿。只见朱尔旦又往地上倒了几杯酒,他祷告说:"弟子放浪无礼,大人千万不要怪罪。寒舍不远,如果大人高兴,请随时来喝酒,千万不要见外。"说完,这才把判官背走。

第二天,朋友们按照事先的约定宴请朱尔旦。他喝到傍晚,才半醉而归。但他觉得意犹未尽,便挑灯独饮起来。忽然,有个人掀开帘子进来了,朱尔旦一看,竟是判官。他连忙起身,对判官说:"啊,我快要死了!前天晚上冒犯了您,现在您就要惩罚我吗?"判官抚了抚浓密的胡须微笑着说:"不是,不是。昨天承蒙你盛情相邀,正好今夜得空,故特地前来造访。"朱尔旦听这么一说,非常高兴,连忙给判官让座,又是洗杯盘,又是生火烫酒。

判官见他忙个不停,说现在天气暖和,可以喝冷的。朱尔旦便将酒壶放在桌上,跑去告诉家人准备菜肴果品下酒。谁知他妻子听说是判官,害怕极了,劝丈夫不要与判官一起喝酒,朱尔旦不听。他把酒菜备齐后端到桌子上,与判官开怀畅饮。朱尔旦边喝边问判官姓氏,判官说:"我姓陆,没有名字。"跟他谈起天文地理,陆判官竟对答如流。问他会不会作八股文,他答道:"文章的好坏是可以分辨得出的,阴间的诗文,与阳世大体相同。"陆判官酒量过人,能连饮十大杯。朱尔旦因喝了一天的酒,不知不觉就醉倒了,便伏在桌子上睡着了。等他醒来时,已是烛光昏黄,判官早已离去。

从此以后,陆判官每隔两三天就到朱尔旦家来喝酒,有时喝到深夜,就和朱尔旦同床而睡。朱尔旦拿出自己的文章向他请教,他用红笔勾画,总说朱尔旦作得不好。有天晚上,朱尔旦喝醉酒先入睡了,陆判官还在自斟自饮。忽然,朱尔旦在醉梦中感到腹部有些痛,睁开眼一看,竟是陆判官在给自己清理肠胃。朱尔旦以为陆判官要加害于他,陆判官解释说,你的文章作不好,是因为心窍被堵住了,所以我从阴间挑选了一颗最好的心替你换掉。天亮时,朱尔旦解开衣服一看,发现伤口已愈合。后来,朱尔旦的文章果然大有长进,读书也能过目不忘。过了些时候,朱尔旦拿出文章给陆判官看,陆判官说:"可以了。只是你的福气薄,不能做大官,中个举人而已。"朱尔旦问:"什么时候能中举?""今年必能夺魁。"陆判官说。不久,朱尔旦在府考中夺冠,继而又在乡试中名列榜首。大家向来喜欢嘲弄他,看到他应试的文章作得很精彩,无不吃惊。仔细询问,才知道换心的事。大家纷纷求朱尔旦在陆判官面前引荐,愿意和陆判官结交。陆判官听说后很痛快地答应了。于是,大家设宴等待他。初更时,陆判官来了,只见他红胡须不断飘动,目光闪闪如电。众人大惊失色,哆嗦得牙齿直打战,最终一个一个都溜走了。朱尔旦与陆判官携手归家,又交杯换盏地畅饮起来。朱尔旦醉醺醺地对陆判官说:"承蒙前番你给我换心洗肠,对我的好处太大了。今天有一件事情还想麻烦你,你能答应吗?"陆判官随口答道:"什么事?"朱尔旦说:"既然你能换心洗肠,想必也能改头换面。我老婆人还不错,可就是眉眼长得差些,我想请你老兄帮帮忙,换个脑袋怎么样?"陆判官听了,慢慢地说:"可以。但是得等机会,机会一到,我马上就能给她换。"

几天后,陆判官来敲门,朱尔旦急忙开门把陆判官请进屋。在灯光下,只见陆判官用衣襟裹着一件东西。朱尔旦忙问:"那是什么?"陆判官答道:"头几天你不吩咐过了吗?可是实在不好物色,刚刚我得到一个美女的头,这不就交差来啦。"朱尔旦打开衣襟一看,只见那美女头的脖子还血淋淋的。陆判官一边叫朱尔旦不要声张,一边催着快到后面卧房去。卧房门本来闩上了,陆判官用一只手轻轻一推,门就立刻开了一扇。进了卧房,只见朱尔旦的妻子侧身睡在床上。陆判官把血淋淋的脑袋交给朱尔旦捧着,自己就从靴筒中抽出一把锋利的匕首,按着朱妻的脖子,像切西瓜似的,一用力,朱妻的脑袋就掉在枕头旁了。陆判官急忙从朱尔旦的怀里把美人头取过来,安在朱妻的脖子上,又仔细地看看是否安正了,然后又按摩了一阵子。过了一会儿,才给朱妻枕上枕头,又叫朱尔旦把切下的脑袋拿到无人处掩埋好。之后,陆判官才离开朱家。

朱妻一觉醒来,感到脖子酸麻,面颊上干巴巴的,用手一搓,掉下来些干血片。这可吓了一大跳,连声喊拿洗脸水来。小丫鬟端水进来,只见朱妻满脸都是血,吓得简直要昏过去,朱妻洗完脸,一盆清水变成了血水。朱妻一抬头,又把丫鬟吓了一跳,女主人怎么变成另外一个人了?朱妻赶忙拿过镜子一照,自己也不认得自己了,惊愕万分,百思不得其解。惊慌之中,朱尔旦来到了卧室,把换头的原委说了一遍。这时再端详朱妻,嘿,弯弯的两道长眉毛伸向两鬓,再加上一对酒窝,真漂亮得像画中人。解开衣领一看,只见脖子上有一圈红线,红线上面同下面的皮肤截然两种颜色。

原来,本郡吴侍御有个女儿,长得十分美丽,先后订了两家亲,没等过门,丈夫都死了。一直到十九岁,还没有婆家。元宵节那天去逛十王庙,被混在游人中的一个流氓看上了。那流氓暗中探明是吴府的小姐,于是乘夜越墙偷偷溜进吴府,钻进小姐卧室,把一个小丫鬟杀死在床下,就要强奸吴小姐。小姐拼命挣扎,大声呼救。那流氓怕人来,便将小姐也杀死了。吴小姐的妈妈听到小姐屋里有动静,忙叫丫鬟去看看,只见小姐已被杀死,不禁惊恐万状,惊动了全家上下。吴府一下子乱了营,一家子又是哭,又是喊,乱哄哄闹了一夜。本来,吴小姐的尸首停放在正堂上,用被蒙着头。可是天亮揭开被一看,小姐的头不见了。吴侍御夫妇悲愤交加,认为是守灵的侍女没看好,让狗把小姐的脑袋叼走了。吴侍御天一亮就到官府报了案,官府派衙役缉拿凶犯,可三个多月过去了,凶手还是没有抓到。

天长日久,朱尔旦妻子换脑袋的奇闻渐渐传了出来。吴侍御听到后,有点怀疑,立刻派人去朱家打探,那人到朱家一见朱妻,吓得连忙往回跑,报告吴官员。吴侍御怀疑朱尔旦会妖术,把他女儿害了。于是去找朱尔旦盘问。朱尔旦说:"我的妻子睡梦中脑袋被换了,我也不知道是什么缘故。你若说我害了您家小姐,那可实在是冤枉。"吴侍御当然不信,立即告到官府。官府把朱尔旦的家人都审遍了,可是口供都与朱尔旦一样。官府也定不了案。朱尔旦回家后,马上与陆判官谈这件事。陆判官说:"不要紧,我让吴家的女儿自己去说明。"

夜里,吴侍御梦见女儿对他说:"孩儿是被苏溪地方杨大年害死的，与朱举人没关系。朱举人嫌妻子长得丑，陆判官拿孩儿的头给朱妻换上了。现在孩儿虽然身已死了，但头还活着。请父亲不要与朱举人为仇。"吴侍御从梦中惊醒，连忙把适才的梦讲给夫人听。吴夫人也说做了同样的梦。吴侍御把这件事告诉了郡守。官府一追查，果然苏溪有个杨大年，立即将其逮捕归案。杨大年也对杀害吴家小姐之事供认不讳。

于是，吴侍御又去拜会朱尔旦，并请朱妻相见，认作闺女。从此吴侍御与朱尔旦结成了翁婿。

朱尔旦三次进京参加会试，都因犯规被除名，因此对读书做官彻底死了心。光阴飞逝，一晃三十年过去了。有天晚上，陆判官告诉朱尔旦："你的寿数不多了。"朱尔旦问还有多久，他说仅有五天。朱尔旦希望陆判官帮他延长寿命，但陆判官说："这是天命，人不可违抗。况且，从达观的角度看，生和死是一回事，生即死，死即生，何必活着就快乐，死就悲哀呢？"朱尔旦认为这番话讲得有道理，便准备后事，五天后，穿戴整齐地死去了。第二天，朱尔旦的妻子正伏棺哭泣，朱尔旦忽然慢慢地从外面走进来。妻子见状很害怕。朱尔旦说："我是鬼魂，但和活着的时候一样。想起你们孤儿寡母，我实在放心不下。"妻子悲伤不已，捶胸顿足，泪水横流。朱尔旦慢慢安慰她，她说："古来就有还魂的说法。你既然有灵，为什么不复活？"朱尔旦说："天命不可违抗啊。"朱尔旦的魂灵告诉妻子，他是和陆判官一起到家中来的，并叫她快去备些酒菜。妻子把酒菜端上桌后，只听见屋里杯碟作响，欢声一片，跟朱尔旦生前的情景没有两样。

陆判官到来，众人大惊失色

第九回

莲 香

　　沂州这个地方有个书生叫桑子明,从小就没有了父母。他住在一个偏僻荒凉的园子里。他为人好静,除了早晨到东边邻居家吃饭外,其余的时间,全在屋子里静坐。

　　东邻的书生,偶然到桑子明的住处,同他开了一个玩笑,说:"你一个人住在这儿,不怕鬼狐吗?"桑子明笑着回答:"大丈夫怕什么鬼狐?'公'的来了,我有锋利的宝剑,'母'的来了,我要开门迎接她。"

　　东邻的书生回去了。找朋友商量后,让一个妓女爬梯子过墙去,用手指叩门。桑子明从门缝里往外看,问是谁。妓女回答说是鬼。桑子明很害怕,吓得哆哆嗦嗦,牙齿叩击,发出"哒哒"的声音。妓女磨蹭一阵子就走了。

　　第二天一大早,东邻的书生就来到桑子明这里,桑子明把昨天晚上发生的事告诉了他,同时还说自己要离开这个地方了。东邻的书生立刻拍着手说:"怎么不开门接待她呢?"桑子明这才知道昨夜的鬼是假的,他被朋友捉弄了。于是照常住了下来。

　　过了半年,一个女人夜里来敲门,桑子明以为还是朋友开玩笑,打开房门,把来人请到屋内,原来是个非常漂亮的姑娘。桑子明惊奇地问姑娘从什么地方来,姑娘说:"我叫莲香,是西街的妓女。"桑子明住地附近本来妓院就多,他就信以为真了。熄了灯,便同莲香睡觉了。此后隔三岔五莲香就会来一次。

一天晚上,桑子明独坐沉思,一个女人轻飘飘地走进屋里。桑子明以为是莲香,站起身来迎了上去,与她说话。一看脸,不是莲香。这个姑娘十五六岁,肥大的衣袖低垂着,梳着小姑娘的发式,天真可爱,走路时忽前忽后。桑子明很奇怪,怀疑她是狐狸精。姑娘说:"我是好人家的闺女,姓李,仰慕先生是个有学问、有道德的人,希望你能爱我。"

桑子明听后,很高兴,握住她的手,感到凉冰冰的,就问:"怎么这样凉啊?"姑娘说:"我本来就瘦弱怕冷,夜里冒着风霜过来,哪能不冷冰冰的?"

说罢,两人上了床,这个姑娘还真是个处女。姑娘说:"我为了爱情,把单薄的身子交给了你,你若不嫌我丑陋,我愿意侍候你一辈子。你屋里是不是还有旁人呢?"桑子明说:"没有别人,只有街坊的一个妓女,也不常来。"姑娘说:"我应当小心躲开她。我同妓院的人可不一样,你要保住秘密,不要走漏消息。她来我走,她走我来就可以了。"

鸡叫了,姑娘要走了,拿了一只绣花鞋,送给桑子明,说:"这是我脚上穿的,你摆弄它可以解解相思。但是在人前可千万不要摆弄呀!"桑子明接过绣花鞋一看,尖溜溜的,就像一只解疙瘩的锥子一样,心里特别怜爱。隔了一个晚上,屋内无人,便拿出绣花鞋摆弄、端详。姑娘忽然飘飘然来到面前,俩人于是亲热了一番。此后,每逢拿出绣花鞋,姑娘立刻就到。桑子明心生疑问,盘问她。姑娘笑着说:"正好碰到了点儿上了。"

一天夜里,莲香来了,吃惊地问:"你的气色怎么这样不好?"桑子明说:"我自己也不觉得呀。"莲香没住就走了,约好十天后再来。

莲香走后,李姑娘天天夜里来,问道:"你看我比莲香漂亮吗?"桑子明把莲香的约会告诉了李姑娘。李姑娘笑着说:"我看我比莲香漂亮。"桑子明说:"你们俩完全可以称得上两个美女,只是莲香的皮肉温和。"

李姑娘翻了脸,说:"你说我俩都是美女,不过是当我面儿说说罢了。她肯定是月宫里的仙女,我肯定不如她。"于是李姑娘很不高兴,就掐着指头算,到了十天头上,嘱咐桑子明不要声张,自己要偷着看看莲香。

第二天夜里,莲香果然来了。说说笑笑很亲热,等睡下之后,莲香特别惊愕地说:"坏了,十天不见面,你却这样衰弱,一准儿是有了外遇!"桑子明问有什么根据,莲香说:"从你的气色上看出来的,你的脉息像乱麻一样,这是中了鬼的邪气了。"

第三天夜里,李姑娘来了。桑子明问:"你看莲香怎么样?"李姑娘说:"漂亮呀,我本来就说世上没有这样漂亮的人,果然是个狐狸精。她走时,我跟着她,她住在南山的洞里。"桑子明怀疑李姑娘嫉妒,随口应付了几句。过一宿,逗莲香说:"我固然是不相信的,有人说你是狐狸精。"莲香急忙问:"谁说的?"桑子明说:"是我自己逗你的。"莲香说:"狐狸和人有什么不同啊?"桑子明说:"被狐狸迷上的人要有病,厉害的甚至要死,这是很可怕的。"莲香说:"不对,像你这样的年纪,同房以后三天,精力可以恢复,就是狐狸有什么害处?如果天天不停,人比狐狸还厉害呢。天下色痨鬼,难道都是被狐狸害死的?尽管如此,肯定有议论我的人。"

桑子明极力表白没有人议论。莲香盘问得更厉害了。桑子明没法子了,就把事情说明了。莲香说:"我本来就奇怪,你为什么突然衰弱到这种程度?难道她不是人吗?你别声张,明天晚上,我就像她偷看我那样偷看她。"

这天夜里,李姑娘来了,才说三两句话,听见窗外咳嗽声,急急忙忙跑了。莲香进屋说:"你危险了。这可是个女鬼!你恋着她漂亮而不快点断绝关系,死期不远了!"

桑子明以为莲香妒忌,默默不语。莲香说:"我当然知道你不会绝情,可是不忍心看你死呀!明天我带药来,给你治治阴毒。幸而病根还较浅,十天病就好了。我请你答应同我睡在一张床上,看着你病好。"

第二天夜里,莲香果然拿来药,给桑子明吃了。不一会儿,桑子明感到上下通畅了许多,胸腔清亮了,精神立刻提起来了。他心里虽然感激莲香,到底也不相信李姑娘是鬼。莲香天天夜里挤在桑子明的被窝里,桑子明一要和她同房,她就拒绝。几天以后,桑子明胖了,莲香要走,千叮咛、万嘱咐让他同李姑娘断绝关系。桑子明假装答应了。

桑子明一到关上门点上灯的时候,就把绣花鞋拿在手,深深想念李姑娘。李姑娘忽然来了。数日不见,李姑娘脸上很不高兴。桑子明说:"她天天夜里给我治病,请你不要生气,我对你没有变心。"李姑娘稍微消了消气,桑子明在枕头上低声说:"我太爱你了。可是有人说你是鬼。"李姑娘张口结舌,好一阵子骂道:"肯定是狐狸精迷惑你,如果你不同她断绝关系,以后我不来了。"于是呜呜地哭了起来。桑子明百般安慰劝说,她才不哭了。

隔天夜里,莲香来了,知道李姑娘又来过了。她生气地说:"你是一心想死呀!"桑子明笑着说:"你为什么嫉妒这么厉害呢?"莲香更生气了,说:"你种下死根,我给你拔了,不嫉妒的人又怎么样呢?"桑子明编了一段话逗笑说:"她说前些日子的病是狐狸精作的怪呀!"莲香于是叹息着说:"真像你说的,你可真是执迷不悟了。万一有个不好,我就是有一百张嘴也说不清了,请允许我从今天起与你分手,一百天以后,我看你就要躺在病床上了。"桑子明留也留不住,莲香怒气冲冲地走了。

从此,桑子明与李姑娘早晚在一起,大约两个多月,觉得身体特别衰弱,开始时还自己为自己宽心,可一天比一天瘦弱,只能喝一碗稀粥了。想回老家疗养,却恋恋不舍,不忍心一下子离开。待了几个月,病重得不能起床了。邻居的书生见桑子明病得不轻,天天派书童给他送吃的来。桑子明这时开始怀疑李姑娘了。于是,对李姑娘说:"我后悔不听莲香的话,一下子到了这种地步。"说罢就昏了过去,过了一个时辰才醒来。睁开眼睛四处打量,李姑娘早已走了。此后,她再也没来。桑子明瘦骨嶙峋地躺在空荡荡的书房里,想念莲香就像盼望过年一样。

一天,桑子明在全神贯注地思念,忽然有个人掀起帘子进来了。正是莲香啊!莲香走到病床前,嘲笑说:"乡巴佬,我怎能忘了你!"桑子明呜咽许久,连连说自己有罪过,一个劲儿求莲香救命。莲香说:"病已到了无药可治的地步了,实在没有法子医治了。我只是来与你永别的,表明我不嫉妒。"

桑子明大哭起来,说:"枕头底下有件东西,麻烦你替我毁了它吧。"莲香翻出绣花鞋,拿到灯前去看,颠来倒去地摆弄,李姑娘突然进来了,冷不丁看见莲香,转身要跑。莲香用身体把门堵住,李姑娘急得不知从哪里出去。桑子明絮絮叨叨地责备了李姑娘,她一句也回答不了。

莲香笑着说:"我今天才能面对面问妹妹,从前说过,先生的病不是我造成的,现在看我说得对不对?"李姑娘低头认错。莲香说:"你这么漂亮,怎么能以恩爱结成仇怨呢?"李姑娘跪倒在地上,掉下了眼泪,请求莲香可怜、搭救。莲香于是把她扶起来,细细地打听她的身世。李姑娘说:"我是李通判的女儿,岁数不大就死了,埋在墙外。我虽然死了,可是心不甘啊,就像春蚕死后,肚子里的丝还没有吐完一样,与先生白头到老,是我的心愿。置他于死地,实在不是我的本意呀!"

莲香说:"听说鬼希望人死,因为死后可以永远在一起了。对不对?"李姑娘说:"不是这样。两个鬼相逢并没有乐趣。如有欢乐,九泉之下年轻小伙子还少了吗?"莲香说:"傻呀,天天晚上那样,跟人尚且受不了,何况跟鬼。"李姑娘说:"狐狸能害死人,你自己有什么办法却不这样呢?"莲香说:"害人的狐狸采人的精液以补养自己,我不是那一类的,所以世上有不害人的狐狸,绝对没有不害人的鬼。因为鬼的阴气太盛了。"

桑子明听了这话,才知道这狐狸和鬼都是真的。所幸她们习以为常,见惯了,并不害怕,只是想到自己只剩一口像游丝般细弱的气,活不久了,不觉失声大哭起来。莲香看着李姑娘问:"那先生怎么办啊?"李姑娘红着脸说自己没办法。莲香笑着说:"只怕先生身体强壮之后,咱们那个醋娘子要吃杨梅果了,酸上加酸了。"

李姑娘整整衣襟,给莲香行了个礼说:"如果有全国闻名的大夫,使我能够不辜负先生,我自当把头钻到地底下,哪敢再觍着脸在人世上呢!"

莲香打开小口袋,拿出药,说:"我早就料到有今天,走后到三山去采药,共三个月,药才采齐,病入膏肓的,吃了没有不活的。不过,药引子还得从病因上找,还得请李姑娘出力了。"李姑娘说:"需要什么?"莲香说:"你那樱桃小口中的一点唾沫呀。我将一丸药放到他的口中,麻烦你嘴对嘴吐点唾沫。"李姑娘听后,两颊通红,低下头来,转过脸去看她的鞋,莲香逗她说:"妹妹得意的只是鞋吗?"李姑娘更加不好意思了,前前后后像无处容身了。莲香说:"这是平日做惯了的事,今天怎么扭扭捏捏的?"

于是把药丸放进桑子明的嘴里,回身催促李姑娘。李姑娘不得已,吐了一口唾沫。莲香说:"再来!"李姑娘又吐了一口唾沫,一共吐了三四次,药丸才咽下去。不一会儿,桑子明肚子里咕噜咕噜像雷鸣一般,又放上一丸药,莲香自己嘴对嘴送了一口气,桑子明觉得肚脐下热辣辣的,精神马上来了。莲香说:"好了!"

李姑娘听到鸡叫,一步一回头地走了。莲香因为桑子明这病刚好,还需要补养,不能在外吃东西。于是把门从外锁上,装作桑子明走了的样子,以此断绝一切交往,白天晚上守护着他。李姑娘每天晚上也都来,殷勤的时候,对莲香就像姐姐一般,莲香也很疼爱她。

住了三个月,桑子明恢复了健康。李姑娘于是几个晚上都不来,偶然来一次,看一眼就走。相见时也闷闷不乐。莲香常常留她同自己一起睡,她坚决不肯。桑子明去追她,把她抱回来,身子轻飘飘的,就像草人似的。李姑娘跑不开,就穿着衣服躺下,蜷着身子,还不足二尺长。莲香更疼她了,暗中让桑子明去拥抱她。任他怎么推,李姑娘也不醒。桑子明睡着了,醒来一找,李姑娘没了。

过了十多天,也没有来,桑子明想得慌,常拿出绣花鞋摆弄。莲香说:"李姑娘这样文静、漂亮。我都喜欢,何况男子汉了!"桑子明说:"从前一摆弄鞋,她就来了,我心里当然怀疑她,可是从来想不到她是鬼。今天看着鞋,想起她那模样,实在难受。"说着,掉下了眼泪。

在这之后,有位姓张的员外,他有个女儿叫燕儿,十五岁,出不来汗,憋死了。过了一宿,苏醒过来,起来一看,就要跑。张家关上门，跑不掉。姑娘自言自语地说："我是通判女儿的鬼魂，感激桑先生的好意，送他的鞋还在他那里，我真是鬼呀，关我有什么用？"

张家觉得她的话有来头，盘问她怎么到这里来了。姑娘左顾右盼，自己也糊涂了，不知是怎么回事。有的人说桑子明因病回老家了。姑娘一个劲儿地说这不是真的。张家的人特别疑惑。

桑子明的东邻的书生听说这件事后，跳过墙去偷看。只见桑子明正同美女唠嗑。书生闯进屋子里去凑到跟前，忙乱中，美女不见了。书生惊奇地询问，桑子明笑着说："原来曾同你说了，'母'的就留下嘛。"

书生把燕儿的话说了一遍，桑子明于是打开门，要去看看，苦于没有理由。张母听说桑子明果然没回老家，更奇怪了。特意派老妈子来要鞋。桑子明拿出鞋交给她。燕儿得到鞋很高兴，试着穿一下，鞋比脚小一寸，特别吃惊，拿过镜子一照，忽然才明白自己是借尸还魂。于是把经过说了，张母这才相信。姑娘对着镜子大哭道："当日的模样，自己觉得蛮好的，莲姐见到都觉得不如，今天这个样子，人倒不如鬼！"她拿着鞋放声痛哭，劝也劝不住，蒙上被直挺挺躺下，给东西吃，也不吃，浑身都肿了。整整七天不吃东西，结果也没有死。浮肿渐渐消了，感到饿得受不了，才又吃东西。过了几天，浑身发紫，皮完全蜕了。早晨起来，睡鞋从脚上掉了下来，拿过来一穿，奇大无比。于是把以前的鞋拿过来试穿，肥瘦正好，很高兴。又照镜子，见眉毛、眼睛、脸盘儿，全像以前那个样子了,更高兴了。梳洗打扮去见母亲,看见她的人,都直盯着她。

莲香听到这件怪事,劝桑子明去求亲。桑子明因为穷富相差太大,不敢冒然求婚。正好赶上张母过生日,于是跟着张母女婿们一道去拜寿。张母看见桑子明的姓名,特意叫燕儿在帘子后面偷看,认一认。桑子明最后到,姑娘飞跑出来,抓住他的袄袖要跟他回去。张母申斥了几句,姑娘才害羞地回屋去了。桑子明仔细观看,一点儿也不差,不觉掉下泪来。于是跪在地上不起来了。张母把他搀起来,没认为他做得有什么不当的。

桑子明离开后,求姑娘的舅舅做媒人。张母选了个好日子,招桑子明当养老女婿。桑子明回去告诉了莲香,并商量怎么办。莲香发了一阵呆,就要告别。桑子明吓得哭了起来。莲香说:"你到人家去拜天地,我跟了去有什么脸面呀?"

桑子明与她合计,先同她回老家,然后再去娶燕儿。莲香这才答应了。桑子明把情况与张家讲明,张家听说他有了妻子,生气地骂了他一通。燕儿极力说明,张家才答应亲事。

到了日子,桑子明去迎亲。家中的器具很简单。等到迎亲回来,从门口到屋内,全都铺上了地毯,成百上千个灯笼光灿灿的,像花团一样。莲香搀着新娘子入了洞房,揭开盖头,像老朋友相见一样愉快。莲香陪着吃了交杯酒,于是细细盘问还魂的怪事。燕儿说:"那些日子忧郁烦闷,只觉得自己是鬼,无脸见人。与你们分别后,气得不愿意回坟里去,随风飘荡。每次见到活人,就羡慕一阵。白天依着草木,夜里信步乱走,偶然到了张家。看见姑娘躺在床上,上前附身,不知道怎么就活了。"莲香听了,默默不语,像在想什么。

过了两个月,莲香生了个小孩,产后得了病,病势日渐沉重,抓住燕儿的手说:"我大胆地把这个小东西托付给你了,我的儿子就是你的儿子啊。"

桑子明给她求神请医生,她都不让。病重得只剩一口气了。桑子明和燕儿都哭了。忽然莲香睁开眼睛,说:"别这样,你喜欢活着,我喜欢死去,如果有缘分,十年后可以再见面。"说罢就死了。掀开被子要入殓的时候,尸体变成了狐狸。桑子明不忍心把她当作狐狸,仍然像对人那样安葬了她。孩子取名叫狐儿。燕儿对孩子就像自己生的一样。每到清明节,必然抱着狐儿到莲香的坟上祭扫一番。后来桑子明中了举人,家境逐渐好了起来。燕儿一直没有生育,狐儿很聪明,可是身体柔弱多病,燕儿总想给桑子明娶个小老婆。

一天,丫鬟来报:"门外一个老太太,带着个女儿要卖。"燕儿把她们叫了进来,冷不丁一见,大吃一惊,说:"莲姐又出世了。"桑子明一看,真像莲香,也很吃惊,问道:"几岁了?"回答说:"十四岁了。"又问:"要多少聘金?"老太太说:"我老婆子就这疙瘩肉,只求她有个好去处,我也有个吃饭的地方,日后我这把老骨头不至于扔到野外没人管,也就满足了。"

桑子明出大价钱把人留下了。燕儿握着姑娘的手,进到里屋,摸着她的下巴,笑着说:"你认识我吗?""不认识。"问她的姓名,她说:"我姓韦,爹爹是徐城卖酒的,死了三年了。"燕儿屈着手指算了一下,莲香死了刚刚十四年,又仔细端详姑娘的模样、风度，没有一处不像莲香。于是就拍着她的头顶叫道："莲姐！莲姐！十年后相见的约会，该不至于骗我吧?"姑娘好像大梦初醒，突然叫道："咦!"然后盯着燕儿，桑子明笑着说："这真是'似曾相识燕归来'呀!"姑娘泪流满面地说："对了，听我妈说，我生下来就能说话，认为不吉利，拿狗血给我喝，于是过去的事就都忘了。今天才如梦方醒，夫人大概就是不愿意当鬼的李妹妹吧?"一同谈起前辈子的事儿，又是高兴，又是悲伤。

清明节到了。燕儿说："这是每年我与丈夫哭姐姐的日子啊!"于是到莲香的坟上去了，只见荒草一片，树木都长到一抱粗了。莲香也叹息了一阵，燕儿对桑子明说："我和莲姐是两世好友，不忍心分离，应把尸骨埋在一起。"

桑了明照办了，刨开李姑娘的坟，取出尸骨与莲香合葬。亲戚朋友听到这件怪事，都穿上鲜丽的衣服到坟地来，帮助操办，也来瞧瞧这件稀奇事儿，一来就来了好几百人。

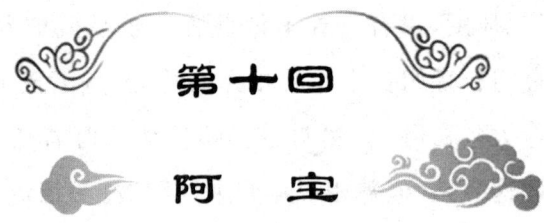

第十回

阿宝

　　广东人孙子楚，是一位名士。手上有六个指头，为人性情憨厚，沉默寡言。人一诳他，他就信以为真。每逢在宴会中碰到有歌妓在座，他躲得远远的。有人知道他这个脾气，请他喝酒时，故意找妓女逗弄他，只窘得他脸一直红到脖子根，汗珠子噼里啪啦往下掉，惹得大家哈哈笑。人们看他那个呆相，纷纷传为笑谈，给他起了个外号，叫孙呆子。

　　当地有个大商人，特别有钱，家产胜过王侯，亲戚也都是有钱有势的。大富商有个女儿，名叫阿宝，长得特别漂亮。有钱有势的公子少爷们争着来求婚。大富商看来看去没有一个中意的。孙子楚老婆死了，有人乘机戏弄他，劝他到大富商家去求亲。孙子楚也没自己掂量掂量，就真的托媒人提亲去了。

　　大富商虽然知道他的名气，但嫌他家穷。媒婆要离开的时候，正好碰上阿宝。阿宝问媒婆干什么来了，媒婆就把孙子楚求亲的事说了。阿宝开玩笑地说："他要肯把第六个指头砍掉，我就嫁给他。"媒婆回来告诉了孙子楚。孙子楚说："这个不难。"媒婆走了后，他操起斧子，咔嚓一声就把第六个指头剁掉了，血咕嘟咕嘟地向外冒，疼得他差点昏死过去。

　　过了好几天,他刚能起床,便去媒婆那里,把剁掉六指儿的手给媒婆看了看。媒婆吓了一大跳,忙跑到大富商家,告诉了阿宝。阿宝听了也感到挺奇怪,她又开了个玩笑,说孙子楚还得去掉他那个傻劲儿,她才能答应亲事。孙子楚听到这番话以后,吵吵嚷嚷同媒婆辩白了半天,说自己并不傻。然而毕竟没有机会向阿宝表白。继而一想,阿宝未必美如仙女,为什么她竟要把自己的身价抬到那么高? 这么一想,孙子楚从前那求亲的念头也就不那么强烈了。

　　清明节到了。按当地的风俗,这天妇女们都到郊外游玩。一些轻薄少年,成群结队地跟在后面,随便品评。孙子楚也被几个好朋友硬拽去了。有个朋友还逗他:"不想看看你的心上人吗?"孙子楚也知道是逗弄他,然而因为受了阿宝的嘲弄,也想看看她是个什么样的人,所以很高兴跟着大伙一边走一边查访。远远地看见有个女子在树下歇着,一群调皮的小伙子围上去像一堵墙似的。朋友们说:"这个肯定是阿宝了。"跑过去一看,果然是阿宝。孙子楚留神细看,阿宝长得真是漂亮,世上简直找不出第二个。过了不多久,围观的人更多了。阿宝站起身来,急忙走了。人们简直被她迷住了,评头品足,七嘴八舌,议论纷纷。唯独孙子楚默默不语,等到众人都往别处去了,回头一看,孙子楚还呆呆地站在那里,召唤他也不答应。朋友们拽他一把说:"魂随阿宝去了吗?"孙子楚也不吱声。大家因为他平时就不爱讲话,所以也就没有感到奇怪,有的推他,有的拉他,一起回家了。

　　孙子楚到家后,一头栽在床上,整天昏昏如醉,叫他也不醒。家里的人惊疑他丢了魂,到野外给他叫魂也没有效,用劲拍他,问他,他含含糊糊地回答:"我去阿宝家。"再细细盘问,他又默默不语了。家里人惊恐万分,也不知道怎么回事。

开始的时候,孙子楚看见阿宝走了,不忍心分别,觉得自己的身子也跟着走了。一点一点地靠在她的衣带上,也没有人呵斥他。于是就一直跟着阿宝到了家,坐着、卧着,都和阿宝在一起。夜里则同她在一个被窝里。两个人亲亲热热的,可就是感到肚子饿得慌,想要回家一趟,却认不得道了。阿宝天天做梦同一个男的睡觉,问他的姓名,那人答道:"我是孙子楚。"阿宝心里很奇怪,可是又不便于告诉别人。

孙子楚躺了三天,那口气眼看着就要没了。家里特别害怕,托人用好话哀求大富商要到他家里去给孙子楚叫魂。大富商笑着说:"平素我们两家也没有什么来往,怎么能把魂丢在我们家呢?"孙家人一个劲儿地哀求,大富商才答应了。巫师拿着孙子楚的旧衣服、草席子到阿宝家里去了。阿宝问明了来意,特别害怕,没让巫师到别处去,一直把他领到自己的房间,任凭他招魂。巫师招魂后,刚回到孙家,孙子楚就开始呻吟了。他醒过来以后,将阿宝屋子里的摆设,一样一样地说得非常清楚,阿宝听到后,更加害怕了,暗中对孙子楚这种痴情爱意很是感动。

孙子楚能够下地了,坐着、站着总在沉思,恍恍惚惚好像什么也记不起来了。他每天都在打听阿宝的动静,总盼望着能走运再见到阿宝一次。听说浴佛节那天,阿宝要到水月寺去烧香,孙子楚一大早就起来,到路边去等候,把眼睛都要望穿了。晌午的时候,阿宝才来。她在车上一眼看见了孙子楚,掀开车帘子,目不转睛地瞧着他。孙子楚更加忘乎所以,紧跟着阿宝的车走。忽然,阿宝派了个小丫头过来询问姓名,孙子楚急急忙忙地报上姓名,魂都要飞了。车走没影了,孙子楚才回家。

孙子楚到家后,旧病又犯了。昏睡着,不吃也不喝,连说梦话都喊阿宝的名字,每每自恨不能够像上次那样把魂丢在阿宝家。

孙家养了一只鹦鹉,突然死了。孙家的小孩子拿着在床上玩,孙子楚自己琢磨:倘若能变成一只鹦鹉,振动翅膀飞到阿宝的屋子里,该有多好!他正想着的时候,身子轻飘飘地变成了个鹦鹉,一下子就飞了,一直飞到阿宝的住处。阿宝见飞进来一只鹦鹉,高高兴兴地抓住了,把鸟的腿绑住后,就拿食物喂它。鹦鹉这时忽然说话了:"姐姐别绑我,我是孙子楚呀!"阿宝吓了一大跳,忙解开了绳子,鹦鹉也就不飞走了。阿宝对鹦鹉祷告说:"你的深情,我铭记在心,可今天你变成了鸟,我们怎么成亲呢?"鹦鹉说:"我能够在你身边,我的心愿就满足了。"其他人喂食,鸟都不吃;只有阿宝喂,鸟才吃食。阿宝坐着,鹦鹉就落在她的膝盖上,阿宝躺下,鹦鹉就依偎在她的床边。就这样过了三天,阿宝挺可怜孙子楚,暗中派人去看看他,回来的人说他僵卧在床上,断气已经三天了,只是心口还有点热乎气儿。阿宝又对鹦鹉祷告:"你要是能变成人,就是死了我也跟你一辈子!"鹦鹉说:"你骗我!"阿宝便立刻发了誓。那鸟斜着眼睛好像在想什么。过了一会儿,阿宝裹脚,把鞋脱在床下,鹦鹉猛地飞下来,叼起鞋就飞走了。阿宝连忙叫它,可鸟已经飞远了。

阿宝派了老妈子到孙家去看动静,一看孙子楚就醒过来了。先是孙家的人看见鹦鹉叼着只绣花鞋飞进来,落在地上就死了。人们正在惊异的时候,孙子楚就苏醒过来了。他睁开眼睛,就要绣花鞋。家里的人谁也不知道是怎么回事。还好在这个节骨眼上,阿宝家的老妈子来了。老妈子进屋看孙子楚,就问鞋在什么地方。孙子楚说:"这鞋是阿宝的信物,你替我转告你家小姐,就说我孙子楚没有忘记她那个像金子般的诺言呀!"老妈子回头一讲,阿宝越发惊奇了,故意让丫鬟把这些事对她母亲讲了。阿宝的母亲问清楚后,说:"孙子楚这个人名声不错,可是那个穷酸相同当年的司马相如差不多。我闺女挑女婿挑了好多年,如今找这么个穷人,恐怕要被那些有钱有势的人笑话。"阿宝因为绣鞋的缘故,坚决不嫁给别人。她的父母也只好答应了,并立即派人告诉孙子楚。孙子楚得到消息后,欣喜非常,病立刻就好了。

大富商打算让孙子楚入赘他家。阿宝说:"女婿不可久居岳父家。况且他家穷,住久了会让人家笑话。女儿既然答应这门亲事,住草棚,吃野菜也心甘情愿。"于是孙子楚将阿宝迎娶到家。洞房之夜,夫妻相对如同梦境一般,两人的快乐难以描述。

孙子楚有阿宝的嫁妆,家里的境况有所好转,吃穿用各项也比较宽裕了。孙子楚是个书呆子,对治家理财一窍不通。阿宝很善于经营,家中大小事都不用孙子楚操心。过了三年,孙家变得挺富裕了。孙子楚却忽然得病死了。阿宝很伤心,眼睛哭得都看不见东西了。觉也不睡,饭也不吃,人们劝慰她也不听。趁夜里没人,就上吊了。幸亏丫鬟发现得早,把她救下来,可是总也不吃东西。孙子楚死的第三天,亲戚朋友都来了,正在要钉棺材的时候,忽听到里面有呻吟的声音,打开棺材一看,孙子楚活了。

他说:"死后见到阎王,阎王因我生前为人老实厚道,命我在手下当管家。可是旁边忽然有人说:'孙管家的妻子将到了。'阎王翻开生死簿,说:'她不该死啊。'旁边的人说:'绝食三天了。'阎王看着我说:'你妻子这种节义行为感动了我,让你再返回阳间吧。'于是就派人给我牵着马,把我送回来了。"孙子楚的病从此就渐渐地好了。

考进士的时候到了。孙子楚进京参加考试的前夕,一群小伙子要笑他,弄了七道偏题,把孙子楚唤到僻静的地方,说:"这是我们走后门搞到的试题,送给你,你可要注意,别让他人知道了。"孙子楚信以为真,黑天白日琢磨答案,照题做好了八股文章。大伙都暗中笑话他。谁知考试的时候,主考官担心出了熟悉的试题被人押上,于是特意出了七道偏题。考试时,题目一发下来,正是孙子楚预备的那几道题。因此,孙子楚考了个第一名。第二年中了进士,封了官。

关于孙子楚的一些怪事,传到宫里,皇帝也知道了。一次,皇帝召见他,询问究竟,孙子楚全都如实地奏明了皇帝。皇帝听后很高兴。皇后还召见了阿宝,赏赐给他们很多珍宝。

皇后召见阿宝的场景

第十一回

夜 叉 国

交州有个姓徐的人，常年漂洋过海做生意。有一次，他的船在海中行驶时，忽然被一阵狂风卷走了。等他睁开眼睛一看，自己已到了一个非常陌生的深山密林里。这是什么地方？有人在这里生活吗？他希望这里有人居住，因为这样他就可以求得别人的帮助。于是，他用缆绳把船系牢，背着剩下的一点干粮以及一些日用品上了岸。

他蹒跚着进了山。刚进山，便看见两边悬崖上有许多洞口，它们远望像蜂窝一样，而且，洞里隐隐约约有人的声音。他怀着一种忐忑不安的心情往山上走。到了一个洞口，他站在洞外向里偷看，不看不知道，一看吓一跳：原来，洞里有两个夜叉，他们的牙齿像刀戟，眼睛像灯笼，正用手爪撕鹿肉吃。

见此情景，徐某吓得魂不附体，慌忙往山下跑。但为时已晚，夜叉已经发现了他，并轻而易举地把他抓进洞里。徐某听这两个夜叉说话，就像听鸟兽的叫声，一点儿也听不懂。两个夜叉抢着撕破他的衣服，看起来是要把他当食物吃掉。徐某吓得浑身颤抖，但脑子还算清醒，他迅速拿出袋中的干粮和牛肉脯,递给他们吃。想不到,两个夜叉吃得津津有味。吃完那些东西,他们又来翻徐某的袋子,徐某摇摇手,表示早已没有了。夜叉很生气,又把徐某抓住。徐某哀求说:"放开我,放开我吧。我的船上有锅灶,可以烹煮东西吃。"但夜叉根本听不懂他的话,仍然发怒。徐某又给他们打手势,夜叉好像明白了他的意思,便跟着他一起到船上,把炊具拿进洞穴。有了炊具,徐某又是找柴薪,又是烧火。他将夜叉没有吃完的鹿肉放进锅里煮,煮熟以后送给夜叉吃。夜叉从来没有吃过熟食,第一次吃煮熟了的食物,感觉味道不错,显出高兴的样子。徐某暂时逃脱了死亡的威胁,心情也比刚见到夜叉时好多了。

到了傍晚,夜叉用大石头把洞门堵住,徐某猜测他们的用意是防止他逃跑。还带着恐惧感的徐某,只好瑟缩着身子在远离夜叉的地方打盹。天亮后,夜叉要出洞门觅食。他们出门后又拿石头把洞门堵死了。但过了不多时,他们带回一只鹿给徐某,徐某剥掉鹿皮,在洞的深处取来清水,把鹿肉分成几份煮了。这时,又来了几个夜叉,他们一起把煮熟的鹿肉吃得精光。有个夜叉用手指指锅,似乎是说这玩意儿太小了。果然,没过几天,就有一个夜叉背来一口大锅,看样子,那口锅是人常用的。于是,夜叉们有的背来狼,有的扛来獐,有的弄来鹿,他们交给徐某煮这些动物的肉,煮熟后,喊徐某一起吃。

在洞穴里住了几天,徐某和夜叉们渐渐熟悉起来。夜叉们出洞时也不再堵洞门了。慢慢地,他和他们像一家人一样聚在一起。徐某对他们发出的声音所表达的意思也多少明白了些,他学他们的发音,说夜叉语。夜叉好像更喜欢徐某,他们带来一个母夜叉给徐某作妻子。徐某开始很害怕,后来竟相处得很好。母夜叉对徐某很照顾,每次出去时都留些肉给徐某吃。

忽然有一天,夜叉们起得很早。他们的颈上都挂着一串明珠,轮流出门,好像在等待贵客的来临。夜叉们吩咐徐某多煮些肉。徐某问母夜叉是怎么回事,她说:"今天是天寿节啊。"她出去对别的夜叉说:"徐郎没有骨突子。"于是,夜叉们各自摘下五颗,交给母夜叉,母夜叉自己解下十颗,共成五十颗,以野麻作绳子,穿起来挂在徐某的颈上。经商半辈子的徐某一看,这些珠子一颗就值一百几十两银子,绝对是珍宝。

一会儿,夜叉们都出了洞穴,徐某煮完肉,母夜叉进洞叫他也出去迎接天王。徐某跟母夜叉来到一个有几亩宽的大洞穴,看见洞穴中间有块石头光滑得像桌子一样,四周有石墩,主位是用豹皮包裹的,其余的都是鹿皮包裹的。二三十位夜叉依次排列入座。一会儿,突然刮起大风,夜叉们慌忙出洞迎接,来者为庞然大物,模样跟夜叉差不多。他进洞后,坐在主席位置上,环视四周。夜叉们也都跟着进了洞,分成东西两排。他们全仰着头,双手交叉成十字。大夜叉清点了一下夜叉数,问道:"卧眉山的全在这儿吗?"

夜叉们哄闹着答应了。大夜叉看看徐某,发现他不是夜叉,便问:"这个人是从哪里来的?"夜叉们将徐某来洞穴的经历讲了一遍,并称赞他善于烹调。这时,便有两三个夜叉,跑去拿来熟肉放在桌子上。大夜叉用手抓着吃了个饱,他称赞熟肉味道鲜美,并叫以后经常供给他。他看徐某的骨突子短,便从自己的颈上取下珠串,解下十颗给他。大夜叉给的珠子有手指头那么大,而且非常圆。徐某用夜叉语表示感谢。大夜叉这才离去。

徐某在山洞里同夜叉们一起生活了四年多。这时,母夜叉已替他生下两男一女。这三个孩子都跟正常人长得一模一样,一点也不像是母夜叉生的。夜叉们都很喜欢这些孩子,常来跟孩子们戏耍。

时光飞逝。转眼又过去三年。徐某的几个孩子都会走路了。徐某教他们说人话,他们咿咿呀呀,慢慢学会了一些。这些孩子虽然都还小,但走山路像走平地一样,一点也不吃力。他们跟徐某感情很深。

有一天,母夜叉带着一子一女外出,半天没有回来。徐某思念故乡心切,便带着儿子到海岸边,发现他的那条船还在,他就和儿子商量一同返回故乡去。儿子要去告诉母亲,被徐某阻拦了。于是,父子俩乘船离开了这片深山密林。不久就重新返回交州。徐某回到家里,才知道妻子以为他已葬身大海,便改嫁他人了。徐某就和儿子生活在一起。他拿出两颗珍珠,卖了很多钱,他们用这些钱添置家产和什物,家里的生活很富裕。徐某给儿子取名为彪。徐彪长到十四五岁时,能举几千斤重的东西,力大过人。交州的大帅认为他是个奇人,便让他做了千总的官。不久,徐彪因为出征有功,十八岁就被提拔为副将。

　　大约在这个时候,有个商人过海时也遇到大风,他的船也被吹到卧眉山。这个商人登岸时,发现岸边有一个少年。那少年看见他大吃一惊。少年忙问商人从哪里来,商人说自己是中国人。问籍贯在哪里,商人说在交州。于是,少年把他拉到幽谷的一个小石洞中,叮嘱他不要外出。商人一看,洞外满是荆棘,更不见有人烟。他正在纳闷,那少年已返回洞穴,并带来一些鹿肉给他吃。少年说:"我父亲也是交州人。"商人这才知道这少年原是徐某的儿子。商人在外地见过徐某,便对少年说:"你父亲是我的老友,现在他儿子当了副将了。"少年不明白副将是什么意思,商人告诉他说:"这是中国的官名。"少年又问:"什么叫官?"商人说:"出门骑马坐轿,进门高堂端坐,上面一声令下,下面百人应声,谁见了不敢正眼看一看,不敢挺直腰板站着,这样的人就是'官'。"少年听了,非常羡慕。

　　商人对他说:"既然你父亲在交州,你怎么还老是留在这里不走?"少年便把夜叉国的情况讲给商人听。少年有些无奈地说:"我也常常想找父亲去,但母亲不是人,言语相貌都不相同。更何况要是被这里的同伴发觉,必死无疑。因此,我有些犹豫不决。"少年出洞时,对商人说:"等刮北风时,我为你送行。请你到我父亲和哥哥那里,把我的情况告诉他们。"

　　商人藏在洞穴里快一年了,少年一直在关照他,所以他没有受到伤害。他常常在荆棘丛中向外探望,见山中常有夜叉来往,特别害怕,只好待在洞里不敢外出。直到有一天,北风呼啸,那少年很快赶来了,他带着商人跑向海边,路上一再叮嘱:"我的话你可别忘了。"商人答应了。

　　商人经过一番颠沛,总算又回到故乡。到了交州以后,他立刻去找徐彪副将。商人将自己这近一年的所见所闻全部告诉了徐家父子。徐彪听了以后非常悲伤,要去寻找母亲和弟弟。但父亲不赞成,父亲担心出海会有各种凶险,容易出事故。徐彪捶胸顿足,痛哭不已。父亲劝阻不住,便报告了交州的大帅。大帅让徐彪带两名士兵一同航行。

　　徐彪的船也不顺利,在海上颠簸了半个月,还没上岸。更糟糕的是,他们迷失了方向,无法分辨东南西北。忽然,海浪滔天,船被掀翻,徐彪和两名士兵一同掉进大海。他随波沉浮,过了好长时间,他感觉像是被什么动物拉去,到了一个有房屋的地方。定睛一看,旁边站着一个夜叉模样的动物。

　　徐彪说起夜叉语。那夜叉一惊,忙问徐彪要去什么地方,徐彪说要去卧眉山。夜叉高兴地说:"卧眉是我的故乡,冒犯你了。你偏离航道已有八千里之远。这是去毒龙国的,不是去卧眉的航道。"于是,夜叉找来船送徐彪去卧眉山。夜叉在水中推船,船如飞箭一样迅速前行,转眼之间已走千里。一个晚上就到达卧眉北岸。只见一个少年在水边观望。徐彪知道山中没有其他人类,怀疑是弟弟。走近一看,果真是弟弟。两人相见,拥抱大哭。徐彪想带弟弟一起回家,弟弟却跑去接母亲和妹妹。母亲见到徐彪也高兴得哭起来。她听儿子说要接她去交州,担心以后被人欺凌,但徐彪说:"我现在是有地位的人,别人不敢欺凌我们的。"于是,母夜叉和三个孩子一起前往交州。在海上航行三天后,终于到达交州海岸。岸上的人见到母夜叉长得怪模怪样,都吓得跑走了。

母夜叉见到徐某时,说了不少怨气话。她恨徐某当年离开卧眉山时不事先同她商量。徐某连忙谢罪。家里的仆人拜见主母时,都战战兢兢的。为了更好地生存下去,徐彪劝母亲学汉语,学汉人穿衣吃饭。结果,母女俩都穿上了女子衣服。几个月后,她们能说一些简单的汉语。徐彪的弟弟妹妹也渐渐白净起来。他们也都有了自己的名字,弟弟叫徐豹,妹妹叫徐夜儿。徐彪后悔自己没有读过书,就请人教弟弟读书。徐豹很聪明,《经》《史》《子》《集》读一遍就懂了。后来,他考中武进士。夜儿能拉强弓,只是因种类不同,无人向她求婚。后来,她嫁给了徐彪的下属袁守备。

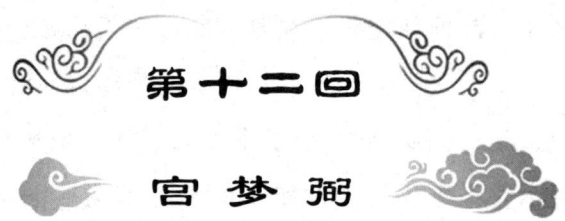

第十二回

宫梦弼

　　从前有个叫柳芳华的人,他的家产相当富有,是远近闻名的大户人家。柳芳华为人慷慨大方,好结交宾朋。因此,他的家里常常聚集着上百号客人。他不仅爱交朋友,而且总是乐于帮助别人。每当朋友有难向他借钱时,他从不拒绝,有些人借了钱不还他也不去索要。柳芳华的许多宾朋都向他借过钱,只有一个叫宫梦弼的陕西客人从未向他乞求过什么。柳宫二人交情很深,宫每次到柳家一住就是一年。柳芳华的儿子柳和,那时还梳着两个小牛角辫,他管宫梦弼叫叔叔。每天放学回来,宫梦弼便同他一起玩耍。他们把地砖揭起来,然后往地下埋石子。这些石子在他们眼里就是金子,因此,埋石子也就成了埋金子。这种埋金子的游戏他们老玩不够,到后来,他们把五栋房子几乎都埋遍了。不少客人都笑宫梦弼行为幼稚,宫却不以为然,柳和对他则比对其他客人亲热得多。后来,柳家渐渐衰落,再也不能满足众多客人的要求。于是,柳家的宾客也就渐渐稀少,最后只剩下十几个人。柳芳华一辈子重情义,到他晚年时,家境更加衰败,他硬是卖田卖地来招待客人。这时,柳和也长大了,他受父亲的影响,花钱大方,把朋友看作亲兄弟。

不久,柳芳华病逝了,柳和没钱办丧事,宫梦弼便拿出自己的钱为柳家料理后事。柳和对他很感激,便将家里的事托付给他管理。宫梦弼每次从外面回来都要带回一些瓦片,把它们放在房子的黑旮旯里。这些瓦片有什么用?柳和不明白,别人也都不明白。有一天,柳和对宫梦弼诉苦,说家里太穷,什么事也做不了。宫梦弼劝导他说:"你不知道过苦日子的艰难,不要说现在没钱,就是给你一千两白银,你也能马上花光。男子汉怕什么穷?不能自立才是最可怕的。"过了不久,宫梦弼要回自己的家。柳和希望他早点回来,他答应了。宫梦弼走了以后,柳和不会持家,家里穷得饭都吃不饱,原来的家当差不多卖光了。柳和天天盼着宫梦弼回来,但他却销声匿迹,杳无音信。

当初,柳和出生时,柳家家业兴旺,富甲一方。柳家和邻县一个大户人家黄家订下亲事。后来,黄家听说柳家变穷了,便有了二心。柳芳华去世时,黄家没来吊丧。柳和服丧期满后,母亲叫他去黄家商量婚期,希望黄家能给予同情和照顾。但柳和赶到黄家时,黄家竟将他拒之门外,并让守门人转告他:"回去筹备一百两银子再来,不然,从此断绝来往。"柳和一听这话伤心得痛哭起来。黄家对门的一个刘老婆婆可怜他,留他吃了饭,还送给他几个钱,叫他赶紧回家。柳和的母亲听说黄家翻脸不认人,又悲又气。想来想去,她只好叫儿子到一些富贵人家求助,因为柳家过去都接济过他们,他们欠柳家的钱柳家从来没去要过。但柳和说:"过去他们和我们柳家交往是因为柳家有钱,如果我现在坐着高车大马去,借一千两银子也不难,但现在我们衣衫褴褛,人家根本瞧不起。谁还会想起过去柳家对他们的恩惠,想起过去的那份情谊呢?况且父亲给人钱财,从来没有立过契约或找个保人,现在连讨债的凭证也没有啊。"后来,在母亲的强求下,柳和只好出门求助,但二十多天都没借到一文钱,最后只有一个演戏的门客送来一两银子。想到世态这般炎凉,柳和母子都深深地绝望了。

话说黄家姑娘这时已长大成人。她听说父亲因为柳家变贫穷而拒绝柳和求婚,心中十分不满。黄家要把她嫁给别人,她哭着对家人说:"柳郎不是生下来就穷的,假如现在他家里比过去还要富,那我们家会把我许给别人吗?只是由于贫穷而抛弃柳郎,这不仁义!"父亲再三规劝,她始终不变心。她的父母见女儿这般执拗,都很生气,早也骂晚也骂,但姑娘不予理睬,她深信自己的态度是对的。不料,过了不久,黄家遭盗贼抢劫,黄氏夫妇差一点被盗贼杀害,家中的财物被洗劫一空。黄氏夫妇只得过起清贫生活,但他们是多么怀念从前的富裕生活啊。

一晃三年过去了,黄家的贫困状况一点儿也没改变。有个商人听说黄家姑娘长得很漂亮,愿意拿出五十两银子作聘礼,娶黄姑娘为妻。她的父母贪图钱财就一口答应了。黄姑娘得知这一消息后,非常气愤。她悄悄换了一身衣服,把脸涂成黑灰色,当夜逃出了家门。

一个姑娘家逃出家门,无依无靠,只好沿途乞讨。就这样,黄姑娘整整走了两个多月,才找到柳和家。柳母从未见过她,所以当她满身尘土、穿着脏兮兮的衣衫走进柳家时,柳和的母亲把她当成乞丐,姑娘哭哭啼啼地说出了事情的经过,柳母听了以后很感动,与姑娘抱头痛哭一场。柳母亲自为姑娘准备热水,姑娘经过梳洗之后,变得肌肤白嫩,光彩照人。柳和母子非常高兴。过了些日子,柳母为柳和与黄家姑娘举行了一个简单的婚礼,从此,一家三口相依为命,日子过得虽清贫却充满着幸福。由于家里穷,他们一天只能吃一顿饭,柳母流着眼泪说:"我和柳和本该如此,只是苦了我的好儿媳。"黄姑娘笑着安慰婆婆:"儿媳出门乞讨时,什么苦都吃过了。现在我们的日子虽然也很清苦,但比起乞讨要强百倍、千倍,我觉得很幸福。"柳母听了以后,为有这样一个好儿媳而高兴,一家人虽苦犹甜,连周围的人都很羡慕。

有一天,黄姑娘到一间空房子里去,见院里长满了荒草,走进室内,见里面落满了灰尘。在一个暗角里,她发现有一大堆东西,用脚一踢,感觉那些东西很硬,捡起来擦去灰尘一看,竟是银子。她大吃一惊,赶忙跑去告诉柳和。柳和也觉得诧异,他们把黑旮旯里的东西全搬出来,它们都是货真价实的银锭。柳和这才想起,这些银子原来不过是宫梦弼叔叔当年在这里作客时从外面捡回来的瓦片。没料到,当年的瓦片而今变成了银子!

柳和还记起,小时候,宫叔叔常跟他一起玩埋金子的游戏,难道当年埋的那些石头瓦片如今都成了银子?想到这里,柳和不由得心急起来。原来,因为家贫,他家的房子已典给别人了。他和妻子商量怎么办,妻子说赶紧把房子赎回来。于是,柳和夫妇连夜找到那户人家,用一些银子把房子赎了回来。进屋一看,柳和很失望,他家过去的地砖而今大多都已残破,当年埋的石子有不少就露在外面,看来奇迹是不会发生了。可是,当柳和揭开地砖,拿出地下的石子时,柳和还是惊呆了:银子,闪闪发光的银子! 就这样,一夜之间,柳和成了个大富翁。他们赎回田产,装修住房,买奴仆。柳和还立志发愤,刻苦读书,他说:"我要是不能自立,对不起宫叔叔!"

功夫不负有心人。三年后,柳和终于考中了举人。柳和没有忘记当年帮助过他的刘老婆婆。于是,他带上银两,亲自去答谢。柳举人穿戴整齐,光彩夺目,他的十几个奴仆也都骑着高头大马。一行人来到刘老婆婆家,让刘老婆婆吃了一惊。她只有一间房子,柳和就坐在床沿上同她说话。外面人喊马叫,满巷子都听得到,对面的黄家也听得清清楚楚。

黄氏夫妇自从女儿出走以后,家境一天不如一天。当年那个商人的彩礼他们早已花光,只好卖房子还债。这时,他们穷得和当年的柳和一样。听说原来的女婿富了,他们不好意思见面,只得闭门叹息。刘老婆婆叫人买了酒菜款待柳和,她一个劲地称赞黄家姑娘的贤德,只是不知道她逃到什么地方去了。刘老婆婆问柳和成家了没有,柳和说成家了。吃完饭,柳和邀请刘老婆婆去他家做客。刘老婆婆同柳和一道乘车回家,黄姑娘被一群丫鬟簇拥着出来见客,刘老婆婆开始都没认出来,当她得知柳和的妻子正是黄姑娘时,又惊又喜。刘老婆婆住了几天后才返回家。她回去后赶紧到黄家报信,告诉他们黄姑娘的消息,并说黄姑娘很关心父母的情况。黄氏夫妇又惊喜又惭愧,想去看女儿,又担心遭柳和冷遇。他们没想到自己会落到这等地步,悔不该当初嫌贫爱富,以致今天不得不咽下悔恨的苦水。

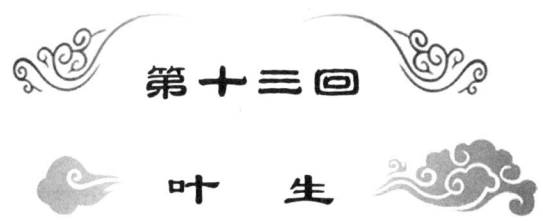

第十三回

叶 生

　　淮阳有个姓叶的书生,文章辞赋在当地称得上是首屈一指。但叶生时运不好,每次应试都名落孙山。

　　直到有一天,淮阳来了个新知县,叶生的命运才随之发生了一些变化。新知县丁乘鹤,很欣赏叶生的文章。这位知县不仅接见他,而且让他住在县衙内继续研读诗书,还经常用钱粮接济叶生家。县里预试时,丁知县在考官面前赞扬叶生,于是叶生夺得乡试第一名。丁知县对叶生抱有更大的希望。正式考试结束以后,他将叶生的试卷拿出来审阅,边吟诵边打拍子赞赏。谁知,叶生依然时运不济。发榜后,叶生又一次落榜。叶生很沮丧地回到家,觉得愧对父母和知己,于是,面容日渐消瘦,神情也变得痴呆,像个木头人。丁知县听说后,赶忙安慰他。对知县的关照,叶生感激得泪流不止。丁知县约叶生在自己任满后进京应考。但叶生回家后不久就病倒了。丁知县经常派人去看望他。尽管吃了不少药,但叶生的病仍不见好转。这时,丁知县因触犯上司被免职,准备离开淮阳。他写信告诉叶生说:"我已准备回故乡,之所以迟迟未动,是为了等候你同行。你如果早晨赶到,我晚上就可动身。"

叶生在病床上接到知县的信时，泣不成声，他告诉送信的人："我病重一时难好，请丁公先行。"丁知县得知此情后，决定继续等他。过了几天，守门人报告说叶生来了。丁知县高兴地迎接并问候他。叶生说："因我的病，让您久等，真是不敢当。幸好现在我可以跟随您了。"第二天清晨，丁公和叶生等一行人便匆匆上路。到了家乡，丁公要儿子拜叶生为师，早晚与叶生在一起。

丁公的儿子叫丁再昌，时年十六岁，还不会写文章，但为人聪慧，任何文章只要读上两三遍便烂熟于心。在叶生的帮助下，丁公子不到一年就能落笔成文。不久，他就考取了秀才。叶生把自己生平所写的八股文全部口授给公子，省考时的七道试题，丁公子全部命中了，结果夺得第二名。丁公颇为感慨地对叶生说："你仅仅发挥了一点点才学，就使我儿子成了名。然而你有满腹学问却未能考取，这真是无可奈何！"叶生说："这是命中注定的。我借公子的福气为文章吐气，让天下人知道我半辈子沦落，并不是我才学不如人，而是时运不济，这也就满足了。况且人生得一知己足矣，又何必非要自己中举，才算是走运呢？"

丁公考虑叶生长久在外客居，怕耽误了他的岁考，便劝他回家省亲。叶生听后很不高兴。丁公也就不再勉强他，并嘱咐儿子在京城替叶生捐钱买个监生。丁公子在礼部的考试中又取得了好成绩，并在礼部当上了官。他带着叶生一同赴任，又和叶生早晚一起研究学业。这时，丁公子要到南方督办水利,他对叶生说:"我这次办事离先生老家不远。先生已赢得功名,应该高高兴兴地衣锦还乡才是啊。"叶生听后也很高兴。于是,选择一个良辰吉日,丁公子和叶生一同启程南行。到淮阳境界时,丁公子命仆人备马送叶生回家。

叶生回到家,见门前冷落萧条,心里十分悲伤。他慢慢走到庭院中,正巧妻子拿着簸箕出来,她突然发现叶生在院子里,吓得丢下簸箕就跑。叶生心里很难过,他说:"现在我富贵了。你我三四年没见面,怎么就不认识我了?"妻子站在远处说:"你已经去世了很久,还说什么富贵?之所以没有安葬你,是因为家里穷加上儿子又小。如今儿子长大成人了,马上就要厚葬你。请你不要作怪吓人。"叶生听了这番话,心里好生凄凉!他走进里屋一看,只见黑棺材明明白白地停放在那里,于是,他即刻扑倒地上,消失得无影无踪。妻子惊恐地看着,只见他的衣冠像金蝉脱壳一样褪落在地上。她悲恸不已,抱着衣冠大哭一场。这时,儿子从私塾回来,见马车停在自家门前,问明情况后,惊慌地跑来告诉母亲。母亲流着泪对他讲了事情的全部经过。母子又仔细地询问随从,才知道事情的原委。随从回去报告丁公子,听说叶生这番遭遇,公子也为之伤心落泪,并很快赶到叶家哭灵,出钱操办丧事,按举人的级别来安葬叶生。临走时,丁公子还送给叶家很多钱物,让叶家请老师教叶公子读书。丁公子还向考官打了招呼,请他关照叶公子。第二年,叶公子便考取了秀才。

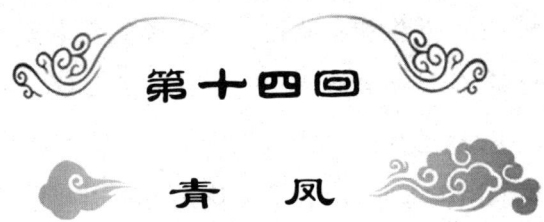

第十四回

青　凤

　　太原耿氏家,过去是大户人家,住宅相当宽敞。但家道衰落以后,一幢幢楼房,大多荒废了。这期间,常常出现一些怪事,譬如说,堂门自开自关,吓得家人半夜里惊叫不已。耿氏对此非常忧虑,不得已,只好搬到别处住,只留下一个看门老头。这样一来,耿家园宅更加荒凉,但有时却可以听到楼里欢歌笑语和吹拉弹唱声。

　　耿氏有个侄子叫耿去病,为人狂放不羁。他对看门老头说,如果再听见或看到什么,就赶紧告诉他。到了晚上,老头看见楼上灯光忽明忽灭,连忙跑去告诉耿生。耿生硬要进去看一看,老头劝阻他,他不听。耿生以前就熟悉路,他拨开蓬蒿,七拐八弯地上了楼。到了楼上,却并未发现什么异常现象。穿过楼道时,他听见有人在窃窃私语。偷偷看去,看见里面点着一对大蜡烛,明亮如同白日。一个身着书生衣冠的男人坐在正面,一个妇人坐在他对面,这两人都有四十多岁。男子左边坐着一位二十来岁的年轻人,右边坐着一位十五六岁的少女。四个人围坐谈笑,桌上摆满了酒菜。耿生突然闯进去,他笑着大声说:"有个不请自来的客人来了!"那几个人惊慌之中纷纷躲避,只有那个男子质问他:"你是什么人,竟闯入闺房?"耿生说:"这是我家的闺房,被你强占了。你们在这里饮酒,竟连主人都不邀请,是不是太吝啬了?"那男子看了看耿生,然后说:"你不是主人。"耿生回答:"我是狂生耿去病,是主人的侄儿。"那男子听了,敬重地说:"久仰大名!"于是请他入席,并叫家人重摆酒菜,耿生忙制止。那男子便和耿生对饮起来。耿生说:"我们算是世家好友,你们不必回避,请来一起喝酒吧。"那男子便喊了一声"孝儿",年轻人马上从外面进来。那男子介绍说:"这是我的小儿子。"年轻人作揖后也坐下了。耿生随口问了问他们的家世,那男子说他姓胡。耿生生性豪爽,谈笑风生,孝儿也很爽朗倜傥,两个人谈得很投机。耿生二十一岁,比孝儿大两岁,因此叫他弟弟。姓胡的男子问耿生:"听说你祖父写过《涂山外传》,你知道吗?"耿生说他知道。那男子说:"我是涂山氏的后代。唐朝以后的家谱族谱我还能记得,五代以上的没传下来,请公子赐教。"耿生简要地讲述了涂山氏帮助大禹治水的功劳,他有意夸张,说得那男子高兴不已,他便对孝儿说:"我们今天很荣幸地听到了许多过去不知道的事。公子不是外人,去请你母亲和妹妹来,让她们也知道我们祖先的功德。"孝儿便入帏帐,不一会儿,夫人带着女儿青凤出来了。耿生打量青凤,见她体态娇美,眼如秋波,聪慧又漂亮。那男子介绍说:"这是我的妻子和侄女青凤。青凤很聪明,记性好,所以让她来听听。"耿生又讲了一些历史故事,讲完后就喝起酒来。他目不转睛地看着青凤,青凤觉察到了,便低下头。耿去病暗中用脚去轻轻碰青凤的脚,青凤忙把脚缩回去,但一点儿也不恼怒。耿生心旌摇动,不能控制自己,带着几分醉意大声地说:"如果能得到这样的美女,就是给我皇帝的位置,我也不换!"妇人见他有醉意,便与青凤起身进屋了。耿生后来也告别了孝儿父子,但始终忘不了青凤。

到了晚上,耿生又进楼去了,只闻满屋生香,但通宵也没听见半点声响。为了能再见到青凤,耿生回家后与妻子商量,要把家搬进去,但妻子不同意。于是,耿生就一个人住在楼下读书。第一天晚上他与一个黑鬼相遇,结果鬼反而被他吓跑了。第二天晚上,他刚要熄灯睡觉,忽然听到楼后有开门、关门的声音。耿生急忙去看,发现房里有烛光,仔细一看原来是青凤在里面。青凤看见耿生,吓得赶紧关上门。耿生跪在地下说:"我不怕险恶,是为了再见到你。"青凤小声说:"我叔叔怕你狂放,所以昨晚变鬼来吓唬你,而你竟然不怕。因此,他们已找好新居,正在搬东西,留我一人看守,明天就该走了。我虽与你有缘,但过了今夜,相思也无用。"耿生与青凤见面时,青凤的叔叔忽然推门而入,青凤又羞又怕。她叔叔骂道:"贱货,败坏我门风!还不快滚!"青凤低着头跑了。耿生听到青凤叔叔百般辱骂她,心里很难过,他大声说:"罪过在我,与青凤无关!要惩罚就惩罚我吧。"但很久没有声音回应他。从此以后,这座楼房内再也没有发生什么怪现象了。耿生叔叔听说后感到奇怪,于是就将房子卖给了耿生。耿生很高兴,很快就把家搬进去了。

这年清明节扫墓回家时,耿生看见猎狗紧追两只小狐狸。一只狐狸朝野外跑去,另一只却惊慌地跑到路上,看见他竟呷呷哀哭,摇头摆尾,好像在向他求救。耿生可怜它,便解开衣服,把它包在衣服里抱回家。回到家把它放床上,狐狸突然变成青凤。耿生喜出望外,青凤说:"刚才与丫头做游戏,想不到发生意外,要不是你救了我,我肯定被猎狗吃掉了。请你不要因为我是狐狸而嫌弃我。"耿生便把青凤安排在另一间房里住。

过了两年多,有一天夜晚,耿生正在读书时,孝儿突然走进书房。耿生赶紧放下书本,询问孝儿从何处来。孝儿跪在地上哀告:"我父亲遭大祸,只有你才能救他。他本想亲自求你,怕你不肯,所以才让我来。"耿生问发生了什么事,孝儿说:"你认识莫三郎吗?"耿生说:"他父亲与我父亲是同一科考中的世交。"孝儿说:"他明天要路过这里,如果他有猎获的狐狸,请你把它要过来。"耿生说:"当初他羞辱我和青凤,他的事我不管。除非青凤来,我才肯助他一臂之力。"孝儿说:"凤妹已死在野外两年多了!"耿去病抖了一下衣服,说:"如果这样,我更痛恨,不救他了。"于是,拿起书本,高声朗读起来,再也不看孝儿一眼,孝儿站起来,痛哭失声,捂着脸走了。

耿去病到青凤屋里,把刚才的事儿说了。青凤大惊失色,说:"你能救他吗?"耿去病说:"救还是要救的,刚才我所以不答应他,是为了报复以前遭到的那场羞辱。"青凤高兴地说:"我从小失去父母,是跟着叔叔长大的。叔叔以前虽然得罪了你,按照家教也是应该那样的呀!"耿去病说:"正像你说的那样,我不救他毕竟让人心里过不去。如果你真的死了,我一定不救他。"青凤笑着说:"你真忍心呀!"

第二天,莫三郎果然来了。他骑着大马,一大群随从前呼后拥。耿生出门迎接,见他的猎物很多,其中有一只黑狐狸,毛皮上沾满了血污,但皮肉尚存温热。耿生借机对莫三郎说自己的皮大衣破了,要狐皮缝补。莫三郎便慷慨地把黑狐给了他,他转身把它交给了青凤,然后陪莫三郎喝酒。

客人走后,青凤把狐狸抱在怀里,整整过了三天它才苏醒过来,几番辗转又变成青凤叔叔。青凤把发生的事细细告诉给叔叔,她叔叔听了以后很感激耿生的救命之恩,并请耿生原谅他以前的过错。在青凤的请求下,耿生同意让孝儿一家搬来一起住。

从此以后,两家人和睦共处,耿生住在书房里,经常与孝儿谈古论今,他的孩子也渐渐长大,就请孝儿当孩子的老师。孝儿循循善诱,称得上是一位好先生。

耿生在书房里与孝儿谈古论今

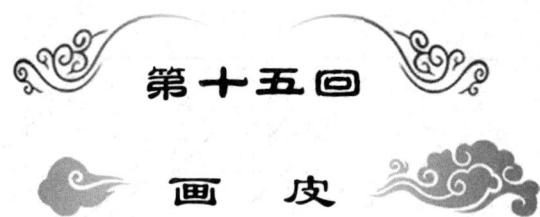

第十五回

画 皮

　　太原一个姓王的书生,有天一早出门,在路上遇到一位女子,见她抱着大包袱独自赶路,走得很吃力。王生忙走上前,发现原来是个十六七岁的漂亮女孩,不禁动了情。便问道:"你为什么这么早就一个人孤孤单单地赶路?"女孩回答说:"过路的人不能替我解忧愁,何必多问!"王生接着说:"你到底有什么忧愁?如果需要我帮助,我决不会推辞。"女孩神色忧伤地说:"父母贪钱,把我卖给一个大户人家做小老婆。那家的大老婆嫉妒我,早晚不是打就是骂,我已无法再忍受下去,打算逃到远处去。"问她究竟想去哪里,女孩说:"逃难的人,哪里有一准儿的地方?"王生便说:"我家离这里不远,请到我家去吧。"

　　女孩很高兴地答应了。于是,王生替她拿着包袱,带着她一同回家。到了王生家,那女孩见室内无人,便问:"你为什么没有家眷?"王生说:"这里是书房。"女孩说:"这是个好地方。你要是可怜我,让我活下去,请你一定为我保守秘密,千万不要对外人讲。"王生答应了她的要求,并与她同居。王生把她藏在密室里,过了好几天别人都未发觉。有一天,王生悄悄地把这件事对妻子说了,妻子陈氏怀疑她是大户人家的丫鬟或侍妾,为了避免日久生事,妻子劝王生打发她走。王生不同意。

有一次,王生在赶集的途中遇见一位道士。那道士打量王生时显出惊愕的神态,他问王生:"你最近遇到了什么?"王生回答说:"什么也没遇到。"道士说:"你身上有邪气萦绕,怎么还说没遇到什么?"王生竭力为自己辩解,道士见他不说真话就走开了,嘴里却说:"真叫人不可理解。世上还真有死到临头却不醒悟的人!"听了道士这番不寻常的话,王生对所遇到的那个女孩产生了怀疑,但转而一想,她明明是个美人,怎么会是妖怪?很可能是道士想借口除妖,混口饭吃吧。

没过多久,王生就回到自家书院门前,但大门从里面闩上了,进不去。王生对大白天闩大门感到怀疑,于是就从墙豁口跳到院子里,屋子门也关上了。他蹑手蹑脚地走到窗前,往里偷看。只见一个恶鬼,脸色青青的,大獠牙像锯齿似的,正把一张人皮铺在床上,拿着一支彩笔在上面描绘,不一会儿,扔掉笔,拿起人皮,像抖衣服那样抖了抖,披在了身上,于是变成了美女。王生见此情景,十分害怕,四肢着地爬了出来。他急忙去追赶那个道士,道士却已不知去向了。他四处寻找,恰在郊外碰上了。王生立马跪在地上乞求道士救命。道士说:"让我给你赶跑它。这个东西也下了苦功,刚刚找到替身,我也不忍心把它弄死。"于是把手中的蝇拂子给了王生,让他回家挂在房门上。临分手的时候,约好下次在青帝庙见面。

王生回到家后,不敢到书房去了,住在卧室里,把蝇拂子挂在门口。一更天的时候听到门外沙沙作响,他吓得连头都不敢抬,只好让妻子陈氏去看看动静。这时,那个恶鬼正在门外,它望着蝇拂子不敢进屋,站在那里咬牙切齿,待了半天才走开。过了一会儿它又来了,并且一个劲儿地咒骂道士:"死道士吓唬我,难道到口的食物还要吐出来不成?"只见那恶鬼扯下蝇拂子撕得稀巴烂,然后破门而入,直奔王生的睡床,撕裂王生的胸腹,掏出他的心就逃走了。王生的妻子大声呼喊,丫头举着蜡烛进来一看,王生已断了气,胸腔里尽是瘀血,陈氏吓得哭不出声来。

第二天一早,陈氏叫弟弟二郎跑去告诉道士。道士听说后非常生气地说:"我本来可怜你,谁知你这个小鬼竟敢如此猖狂!"他马上跟着二郎来到王家。那个女孩已不见了,道士抬头四处张望,说:"幸亏它还没有走远。"他问二郎:"南院是谁的家?"二郎说:"是我家。"道士说:"鬼正在你家。"二郎惊讶地说不会在他家,道士又问:"有没有你不认识的一个人到你家去过?"二郎说:"我一大早就去青帝庙了,不知道家里是不是来过什么人,我这就回去问一问。"他去后不久回来说:"真有人在我家。今早一个老太婆跑到我家,说是想给我家当用人,我妻子没答应她,她现在还没离开呢。"道士说,她就是恶鬼。于是,道士与二郎一起到了南院。道士站在院子中央,手持木剑,大声呵斥:"鬼妖,赔我蝇拂子!"那老太婆在屋里惊慌万分,无计可施,便冲出门想逃。道士追上前用剑刺去,顷刻间,老太婆倒在地上,人皮脱落,老太婆变成了恶鬼,在地上像猪一样号叫。道士用木剑砍下鬼的头,那恶鬼便化为一股浓烟,盘在地上成一小堆。道士取出一个葫芦,拔掉塞子后放在烟中,那葫芦像吸气一样马上把烟都吸进去了。然后,道士塞住葫芦口把它装进袋里。在场的人看那张人皮,发现眉目手脚,无不齐备。

道士像卷画轴那样卷起人皮,把它也装进袋,正打算离去时,陈氏跪拜在门口,哭请道士施法救活丈夫王生。道士推辞说自己不行,陈氏更加悲恸,跪在地上不肯起身。道士想了一想,说:"我的法术很浅,真的不能起死回生。我给你介绍一个人,或许他能使死人复生,你去求求他,肯定会有效果。"陈氏问那人是谁,道士说:"街市上有个经常睡在粪土中的乞丐,你不妨叩头哀求他救人。如果他百般侮辱你,你可千万不要恼火。"二郎也曾听说过这个人,于是,他谢别道士,与嫂子陈氏一同到街市找那个乞丐。

在街市上,他们看见那个乞丐正在路上疯疯癫癫地唱歌,流出的鼻涕有几尺长,浑身肮脏不堪,叫人避而远之。陈氏跪着叩头到他面前,他却笑着说:"美人爱我吗?"陈氏把丈夫被恶鬼杀死的事告诉了他,并请他救活丈夫。那乞丐又大笑着说:"每个男人都可以做你的丈夫,为什么要去救活他?"陈氏再三哀求,乞丐说:"真怪呀!人死了求我救活他,难道我是阎王爷吗?"说完,他竟愤怒地用木杖打陈氏,陈氏忍痛让他打。街市围观的人越来越多,几乎筑成一道人墙。那乞丐忽然吐出一口浓痰,送到陈氏嘴边说:"吞下去!"陈氏当时面红耳赤,觉得很为难,但想起道士说过的那些话,只得强忍着吞下去了。陈氏觉得那口痰像团棉絮那么柔韧，在喉咙里发出格格声响，最后堵在心口上。只听那乞丐又笑着说："美人爱我啊！"说完就走了，连头也不回。陈氏和二郎跟在他后面，他走到庙里后，便不见了踪影。

陈氏他们在庙前庙后四处查找，也没有找到任何踪影，只得惭愧而悔恨地返回家。陈氏真是百感交集，她既悲悼丈夫死得惨，又后悔吞下乞丐的痰，让自己蒙受羞辱。她哭得死去活来，也想一死了之，正想给亡夫擦干净血迹装敛尸体，家人又都远远地站着不敢过来相助。陈氏只好一个人抱着自己的丈夫，把肠子往肚子里放，她一边料理，一边哭号。由于哭得时间久了，嗓音已完全嘶哑，她忽然想吐，感觉胸腹中有块东西直往上冲，不等她回过头，那块东西已落入丈夫的胸腔里。她惊奇地发现，原来是颗人心，它已在丈夫的胸腔中突突地跳动着，而且散发出腾腾热气。陈氏觉得十分奇怪，赶忙用手把丈夫的胸腔合拢，并用力往胸中间挤合。她稍一松劲，热气就从伤口缝中往外冒。于是，她连忙撕了块丝帛把伤口包扎起来。她用手触摸丈夫的尸体，发觉已有体温。她忙又盖上被子。到半夜一看，丈夫已在微弱地呼吸。天亮时，丈夫竟然复活了。她听见王生说："我恍恍惚惚像做了个梦，只是一直觉得肚子痛得厉害。"陈氏看看丈夫的伤口，发现只留下个铜钱大小的疤痕，不久，竟痊愈了。

第十六回

张 诚

　　明朝末年，天下大乱。山东张某的妻子被北方兵抓走了，而张某本人经常客居河南。妻子被抓走以后，张某便在河南娶妻安了家。不久，他们有了个儿子，名字叫张讷。可是，好景不长，没过几年，第二个妻子病死了。于是，张某又娶牛氏做继室，并和牛氏生了个儿子，取名张诚。牛氏性情凶悍，她总是嫉恨张讷，把他当奴仆看待。叫他吃最差的饭菜，却要他每天砍一担柴。张讷完不成任务就要遭她鞭打或责骂，简直叫人难以忍受。对自己的孩子张诚，她则百般疼爱，总是把好吃的东西悄悄地给他吃，还送他到私塾读书。张诚一天天长大了。他为人厚道，不忍心看着哥哥辛苦，常常私下里劝母亲不要那样对待哥哥，母亲不听。

　　有一天，张讷照例上山砍柴，但一担柴没砍够，忽然风雨大作，他只好跑到岩石下躲雨。等到雨停时，天色已晚，而且肚子饿得咕咕直叫。他只得背着先砍的那点柴走回家。继母一看他的柴不够，很生气，便不给他饭吃。张讷饿得揪心，便进房躺在床上。张诚从私塾放学回来，见哥哥神色不好，便问他是不是病了，哥哥说是太饿了。张诚问哥哥是什么缘故,张讷便把没打够柴继母不给饭吃的事儿说了一遍。张诚听了以后很难过地走了。过了一会儿,他怀揣着炊饼回来了,并拿出来给哥哥吃。哥哥问他炊饼是从哪里来的,他说:"我从家里偷了些面粉,请邻居家的女主人烙的。你只管吃,不要说出去。"饥饿的哥哥大口大口地把饼吃了。哥哥吃完饼叮嘱弟弟:"你不要再这样做了,要是被发现,会连累你的。何况一天吃一顿饭,不会饿死人的。"弟弟说:"你的身体本来就单薄,怎么能每天砍那么多柴呢?"

第二天,吃过早饭后,张诚便偷偷地进了山,来到哥哥打柴的地方。哥哥看见他,大吃一惊。问他来干什么,他说帮哥哥砍柴。哥哥又问谁让来的,他说是自己来的。张讷一听,很着急,他对弟弟说:"不要说你不会砍柴,就是你会砍,这样也不行。"他催弟弟赶快回去,弟弟不听,并用手和脚折断树枝帮助哥哥,他一边做,一边说:"明天我要带把斧子来。"哥哥上前去阻止他,发现他手指已被划破,鞋子也被扎了个窟窿,于是就难过地说:"你要是不马上回去,我就用斧子砍死自己。"张诚这才回家。张讷送他走了一半路程,才返回山上继续打柴。砍柴回家后,他又跑到私塾对老师说:"我弟弟年纪小,请老师严加管教,不要让他出门,因为山中有不少老虎豺狼。"老师说:"不知道今天中午前他到什么地方去了,我已责问过他。"张讷回来后对弟弟说:"不听我的话,挨老师打了吧?"张诚笑着说:"没有的事。"

第二天,张诚带把斧头又上山去打柴。哥哥看见他又来了,生气地说:"我已经说过叫你不要来,你怎么又来了?"张诚默不作声,只是一个劲地砍柴,累得满头大汗,他也不休息。砍满一担柴后,他不跟哥哥打招呼就下山了。老师知道后又要责打他,这时,他才向老师讲了实话。老师认为他很懂事,便不再禁止他帮哥哥打柴。哥哥怎么劝他,他都不听。想不到,悲剧终于发生了。

有一天,张诚和几个人上山打柴。突然,来了只老虎。几个同伴都吓得趴在地上不敢动,老虎跑过来把张诚给叼走了。老虎嘴里叼着个人,走起路来自然要比平常慢,结果,老虎没走多远,就被紧追不舍的张讷追上了。张讷举起斧头用力砍去,一斧砍中了老虎的后腿。老虎受伤以后狂奔而去,张讷拼命追,却怎么也追不上。张讷眼见弟弟被老虎所害,痛哭不已。他对安慰他的人说:"我的弟弟与别人的弟弟不同,何况他是为我而死。他死了,我还活着干什么呀!"说着就用斧头砍自己的脖子。大家急忙阻止,但为时已晚,斧子已在脖子上砍进一寸深的刀口,鲜血奔涌,眼看着就不行了。同伴赶紧抢救,把他的伤口包扎起来,然后扶他回家。

他继母知道后,又哭又骂,她叫喊着说:"你把我的儿子杀死了,想砍自己的颈子来搪塞吗?"张讷呻吟着说:"母亲您不必烦恼。弟弟死了,我一定不会再活下去的。"他躺在床上,疼痛难忍,夜里也睡不着,只是整日整夜靠着墙哭泣。他父亲担心他这样下去会死,便经常到他的床前喂点东西给他吃,牛氏知道后又骂个不休。这样一来,张讷索性滴水不进,没过三天就病死了。

村子里有个巫师,能到阴间去。张讷在去阴间的路上碰巧遇见了他,并向他讲述在阳世所遭受的苦难。张讷向巫师打听弟弟的消息,巫师说没听说他弟弟到阴间来过。接着,巫师回转身,把张讷带到阴间的一个都市。他们看见一个身穿黑衣衫的人,正从城里走出来。巫师赶紧拦住他询问张诚的情况,那人从挎包里拿出名册一一查看,名册上有上百人的姓名,但其中并没有一个姓张的。巫师怀疑张诚的名字会不会在别的名册上,那人说:"这一带都归我管,不会有错的。"但张讷还是不相信,他强拉着巫师进城。城里新鬼、老鬼熙熙攘攘,其中也有熟人,向他们打听,都说没见过张诚。

正在这时,忽然一阵骚动,有人嚷叫:"菩萨来了!"抬头看空中,只见云中有个巨人,辉光四射,仿佛把整个地狱世界都照得亮堂堂。巫师祝贺张讷说:"大哥真有福气啊,菩萨几十年才到地府一次,替众生解脱一切苦恼,你有幸赶上了。"说着,便拉张讷下跪。地府里的鬼囚都双手合十,一起念诵:"大慈大悲,救苦救难的观世音菩萨!"祈颂之声一片喧闹。只见菩萨用杨柳枝条蘸着甘露洒在鬼囚们身上。一会儿雾收光灭,菩萨不见了。张讷觉得脖子上沾了几滴甘露,伤口已不再疼痛。巫师又领着他往回走,一直把他送到家门口。

死去的张讷过了两天又神奇地复活了。苏醒以后,他将自己在阴曹地府里的经历详细讲了一遍,并说弟弟张诚肯定没有死。继母认为这是他编造的鬼话,照旧责骂他。张讷满腹冤屈,无人可以诉说。他摸摸伤口,发现已经完全愈合,于是,他挣扎着起了床,向父亲告别。他说:"我要去找弟弟,就是上天入海,也要把他找回来。如果找不回来,我也就不回家了，您就只当我已经死了。"父亲舍不得他走，但又不敢挽留他。张讷离开家以后，便四处查找弟弟的下落。身上带的一点儿盘缠花光了，就沿路乞讨。一年后，他来到金陵。这时的张讷身上穿的衣服已破烂不堪，补丁摞补丁。

有一天，他弓着腰缓慢地在路上行走时，偶然看见有十几个人骑着马冲过来，他赶紧跑到路边躲避。骑马的人中，有一个像是当官的，年纪大约四十来岁。有一个骑着马驹的少年，不停地打量站在路边的张讷。张讷以为他是富贵人家的少爷，不敢抬头看他。那少年停住马，盯着他看，然后翻身下马，喊道："这不是哥哥吗？"张讷这才抬头，一看，原来竟是弟弟张诚。兄弟在异乡相见，又悲又喜。弟弟问："哥哥怎么沦落到这儿来了？"张讷便把这原委说了一遍。张诚越发悲痛了。另外一个骑马的也下了马，走过来问明情况，向那个长官回禀了。长官命令让出一匹马给张讷骑，跟他一起回家。到家后，张讷又详细询问了弟弟被老虎叼走后的情形。

原来，老虎把张诚叼走后，因腿部受伤，便不得不把他丢弃了。被老虎咬伤的张诚在野地里过了一夜。第二天，一位姓张的官员从京城返回家的途中，发现躺在地上的张诚，见他相貌斯文，便把他扶起，张诚终于慢慢地苏醒了。这时，他才意识到，这里离自己的家相当遥远，一时根本回不去。怜惜他的张官员于是将他带回自己的家，并给他敷药治伤。张官员没有儿子，就认他作儿子。这一天，他们正好到郊外游玩，碰巧相遇了。

当张诚兄弟在张官员家的酒席上同张官员话家常时，张官员说他也是山东东昌人,跟这两兄弟是同乡。张讷说起前母被清兵抢走了,父亲为逃兵乱,便到河南做买卖,后来就在那儿成了家。张官员问他父亲叫什么,张讷说父亲叫张炳之。一听到这个名字,张官员像有什么心事,他马上进里屋把老母亲叫出来了。

张母得知张讷兄弟是张炳之的儿子,顿时大哭起来。她对张官员说:"他们兄弟俩是你的亲弟弟。"张讷兄弟不明白是怎么回事。只听张母细说端详:原来,张母嫁给张炳之后,没过几年就遭兵乱。她被清兵带到北方,当时她已有身孕,半年后生下一个男孩,就是现在的张官员。张母因为思家心切,后来脱离了旗籍,恢复原来的籍贯。她多次派人到山东打听消息,但都没有如愿。兄弟邂逅相逢,自然高兴不已。

张母对张官员说:"你把弟弟认作儿子,太折福了。"张官员解释说:"我当时问过诚弟,他没说原籍是山东人。"于是,兄弟几个按年龄大小排序:张官员四十一岁,为长兄;张诚十六岁,最小;张讷二十二岁,老二。张氏三兄弟沉浸在团聚的喜悦之中。

过了几天,他们商量回家团圆的事。张官员把房子卖了,打点好行装,便带着母亲和两个弟弟返回河南。到了家门口,张讷和张诚跑去告诉父亲。原来,张讷出走后不久,他的继母就去世了,家中只剩下父亲一人形影相随。父亲看见张讷回来了,高兴万分,又看见张诚也回来了,更是欢喜至极,老泪纵横。两个儿子告诉他张官员母子的事,他一下子愣住了,不知道喜,也不知道悲,只是呆呆地站在那儿。一会儿,张官员母子进来,张母拉着他的手,两人相对而哭。这时,张官员带的仆人也都进了屋。张诚听说生母去世,号啕痛哭一场。一家聚了又散,散了又聚。全家人团圆之后,张官员拿出银子,建楼房亭阁,又请老师教两个弟弟。张家从此人欢马叫,成为一个大家族。

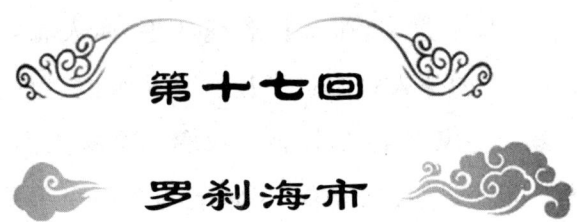

第十七回

罗刹海市

从前有个叫马骥的人，长得很英俊，风度翩翩。他为人很聪明，十四岁便考入学府。只可惜，他的读书生涯并不长久，因为他的父亲年老以后不再出门做生意，而让马骥弃学经商。马骥只好从命。

父亲一生经商，到过的地方不少，见过的奇事更多，但比起马骥后来的经历却逊色多了。马骥到底有过什么样的特殊经历呢？

有一次，马骥跟别人一道渡海经商，不料，他们的船被大风吹迷失了方向，过了几天几夜，他们才从茫茫大海上发现了一个可以栖身的都城。于是，他们一个个疲惫不堪地上了岸。

马骥生得英俊，小时候便有"俊人"的称号，但他平时对别人的外貌并不很在意。可是到这座都城才发现，这里的人长得都特别丑。他们看见马骥长得跟自己一点儿都不像，反而以为他是个妖怪，于是众人一哄而逃。马骥开始看见他们的模样，心里很恐惧。可是，当他了解到这里的人都害怕自己的时候，他不但不再恐惧，反倒想凭借自己的特殊力量来欺侮这城里的人。从此以后,看见城里的人在吃饭,他就径直跑过去,将城里的人吓走,然后吃他们剩下的饭菜。

有一天,马骥走到一个山村里。他发现,这个山村里有些人不像都城里的人那么丑,只是他们穿得破破烂烂,一点儿都不讲究打扮。马骥没有闯入他们的家园,而是坐在村头一棵大树下休息。山村里的人从来没见过像马骥这样的人,所以开始的时候,他们只是远远地望着他。过了好久,觉得他并不是什么吃人的怪物,才稍稍靠近了一些。

马骥表示出友好的姿态,他笑吟吟地跟他们说话。但是,他说的话山村里的人多半听不懂。他费了半天口舌,才让他们明白,自己是从中国来的。听懂了他的话的山里人马上将这个消息告诉给所有的邻里。山村里的人于是都知道他马骥根本不是什么吃人的妖魔。尽管如此,那些模样生得很怪异的人始终不敢上前,差不多是看了马骥一眼就走开了。敢上前和马骥接触的,是口鼻位置与中国人长得差不多的。马骥和一些人总算沟通了感情。原来,这山村里的人很好客,他们便邀请马骥到村里做客,马骥也就不推辞。

在酒宴上,马骥问他们为什么害怕,他们回答说:"听长辈们说,西去两万六千里有个地方叫中国,那里的人形象都很奇特,今天看见你,果然是这样。"马骥问他们为何这么穷,连衣服都穿不整齐,他们说:"我们国家所看重的不是文章,而是相貌。长得特别美的,就是上等人,做大官;次一等的,做地方官;再次一等的,也能得到贵人的宠爱,由此获得食物养活妻儿。像我们这些丑陋的人,刚出生时父母就认为不吉利,多半被遗弃了。有些人之所以未被马上扔掉,只不过是为了传宗接代。"听他们这么一说,马骥更加好奇,于是追问他们这是哪个国家,山里人回答说叫罗刹国,国都在北边,离这个山村不过三十里地。

罗刹国都究竟是个什么样子?马骥很想亲眼去看看。他请山村里的人给他引路,村里人答应了。

罗刹国都城的城墙是黑色石头砌成的,远看黑黝黝的。城中的楼阁有近十丈高,但上面盖的瓦很少,多半是红色的石片。马骥和村人到达都城的时候,正赶上退朝,一大批官员从宫中出来,他们的阵势颇为壮观。马骥听见村人介绍说:"他是相国。"马骥一看,发现这位相国的两只耳朵是反着长的,鼻子则有三个孔,睫毛像帘子一样遮住了自己的眼睛。这时,又有几个骑马的官员从宫中出来,村人又介绍说:"这是大夫。"村人依次指出他们的官职,只见这些大夫一个个都长得面目狰狞怪异。马骥发现,官位越低的人,就越显得好看一点。过了一会儿,马骥打算返回。可街上的人看见他都吓得惊叫奔跑,他们显然把他当作怪物了。村人急忙向市民解释,市民这才停止奔跑。有关马骥的消息一传十,十传百,很快传遍全罗刹国。

罗刹国的官绅大夫都很想看看这个异国来客。他们命令村民邀请马骥。可是,当马骥到他们家时,他们又不敢正面接触,男男女女只敢偷偷地从门缝中窥视。马骥去了好几家,情形都是如此。马骥有些不耐烦了。

这时,村人对他说:"有一个人肯定敢直接见你。"马骥问是谁,村人回答:"是保卫宫廷的侍郎,他曾经和先王一起出使国外,见过许多种人。"马骥于是登门拜见。侍郎果然很高兴,他把马骥看作尊贵的客人。侍郎年岁已高,看样子有八九十岁。他的外貌不算十分丑,只是眼珠突出,胡须坚硬。这位老侍郎说:"我年轻时经常奉王命出使国外,我到过很多国家,就是没去过中国。而今我已经有一百二十岁,早已闲居在家,已有十多年没去上早朝了。现在我见到你这位尊贵的客人,我不可不将此事上奏天子。对,明天一早,我为了你要去早朝。"老侍郎设宴款待马骥。为了表示欢迎,老侍郎还特地叫来歌女弹唱助兴。他问马骥中国有没有类似的歌舞,马骥回答说有。老侍郎于是请客人唱支歌。马骥不好推辞,便敲桌子作为节拍唱了一曲。谁知,老侍郎听了以后竟赞叹不已,连声说:"唱得太好了,好似凤鸣龙啸,我还从来没有听到过。"

第二天一早,老侍郎破例去上朝。他将马骥的情况一一向国王讲了,并推荐马骥当大臣。国王很高兴地下了诏书。但这时有几个大臣说马骥的外貌长得怪异,恐怕国王看了会受不了。这一来,马骥当大臣的事也就不了了之。老侍郎从宫中出来告诉马骥,并对此事深感遗憾。

马骥在老侍郎家住了好久。有一次,他喝酒喝得太多,有些醉意。想到在这罗刹国里自己无用武之地,马骥的心中不免有几分惆怅。于是,乘着酒醉,他用煤炭把自己的脸涂抹成三国演义中张飞的样子,并拔剑起舞。谁知,他的这番表演竟获得老侍郎的赏识。老侍郎认为,马骥这么一打扮变得漂亮多了。他对马骥说："你用这个样子去见宰相，宰相一定会觉得高兴，并要重用你，你由此可以得到很高的俸禄。"马骥以为老侍郎是在开玩笑，便笑着说："我这样在你家里闹着玩玩还可以，可是，怎么能改换面目去贪图富贵呢？"老侍郎却不这么看。过了几天，老侍郎在家中设宴，请正在朝中掌权的官员们饮酒。在客人到来之前，他让马骥把脸画好等着，等客人到齐了，便喊马骥出来见客。那些见过马骥的官员见马骥模样大变，都奇怪地发出疑问："为什么他原来很丑而现在却很美呢？"马骥穷尽自己的舞技，还唱了一支《弋阳曲》，他的精彩表演使那些官员开怀不已。

第二天，官员们纷纷上奏国王，要举荐马骥。国王见这么多官员一致举荐，便以召见使臣的礼仪召见了马骥。见面后，国王询问中国治安的策略，马骥用一些外交辞令细说了一遍，他的谈话很受国王的赞赏。高兴之余，国王便在殿内设宴款待马骥。酒过三巡，国王请马骥唱高雅的歌曲，马骥立即起身，他学罗刹国歌女的样子，也用白绵缠头，唱了几曲靡靡之音。国王听了十分开心，当天就封他为"下大夫"。马骥可以称得上是功成名就，作为朝中要员，他常常参加国王的私宴，国王对他很宠爱。

可是，好景并不长久。过了一段时间，一些官员得知马骥的面目是假装的。从此，他每到一处，就听见别人窃窃私语。他还发现，官员们对他不再像从前那般亲近了，相反，他们总是尽量回避他，马骥在朝廷中变得越来越孤独。思来想去，马骥终于决定摆脱这个困境，他主动上书国王请求辞职，然而国王不准。于是,他又请求休假,国王只好同意,但只批准三个月的假期。于是,马骥乘马车赶回原来的那个小山村。村人都跪着迎接他,他将带来的金银分给朋友们。村人说:"我们这些小人物能得到大人的赏赐,日后一定去海市,买些珍奇的东西报答大人。"马骥连忙问海市是什么地方,村人回答说,就是海中的集市。四海的鲛人都到海市来卖珠宝,四方十二国的商人也到海市进行贸易,其中还有不少神人来玩耍。海市虽然珍宝琳琅满目,但交易时总是云霞遮天,波涛大作,所以达官贵人一般不敢前往,他们多数是将金银交给我们,让我们替他们代购。村人还说:"现在离海市的日子不远了。"马骥从未听说过这些,便询问村民们是如何知道的。村人说:"我们早已掌握规律了。每当看见海上有朱雀往来飞翔,便可预知海市的聚会七天后就要开始了。"马骥的好奇心一下子被勾起来了,他对村人说,自己很想去看海市,到时候一定要把他带上。

过了三天,人们远远看见水天相接之处,有层层楼阁,纷纷聚集的商船,一艘接一艘,场面十分壮观。马骥跟随村人的小船,迎风斩浪,终于到了海上集市。他发现,海市城的城墙相当牢固,那些砖块竟和人一样高,城楼高耸入云,造型新颖别致。他们把小船系好后,便走进集市。

嗬,这海市可真大啊!市面上陈列的奇珍异宝,光彩照人,多半是人世间没有的。当马骥和村人正在挑选物品时,忽然有个少年骑着一匹骏马而来,市民们都赶忙相让,相互招呼说"东洋三世子来了"。这位三世子眼睛倒也精明,他一眼就看出马骥不是当地人。他的话音刚落,立即就有人骑马前来询问马骥的籍贯。马骥很恭敬地在路旁行了礼,说自己是中国人。三世子一听,高兴地说:"和中国人相识,幸会,幸会!"于是马上叫人牵来一匹好马给马骥,和他并马而行,直奔西城。

他们刚到岛岸,马骥所骑的那匹马竟长嘶一声跳进大海。马骥顿时吓得晕头转向,当他大声喊叫"救命"时,只见海水正向两边分开,像两堵墙壁那样立着。骏马跑得飞快,马骥惊魂未定,就到了一座宫殿外。这宫殿玳瑁作梁,鱼鳞为瓦,四周透亮,金碧辉煌,夺人耳目。马骥刚落马,就见三世子已在向他行礼,请他进入宫殿。马骥心想,恭敬不如从命,事到如今,也只好闯一闯了。

马骥迈步进入辉煌的宫殿。他抬头一看,发现龙王正端坐在大殿上。三世子连忙向龙王报告说:"臣在海市游览,遇见这位中国来的贤士,所以特地带来参见大王。"马骥也赶忙上前行参拜之礼。龙王说:"先生是大学问家,写诗作赋必定能超过屈原、宋玉他们,因此,我想请你大笔一挥,写一篇《海市赋》,希望你能完成。"马骥未加推辞,拿起龙王给他准备的水精砚、龙须笔。这里的纸洁白如雪,墨芳香似兰花。马骥才思泉涌,浮想联翩,一会儿就写成一千多字的赋,然后把它献给龙王。龙王读了以后,十分赞赏,说:"先生真是雄才,使我水国增光不少。"于是,龙王召集各部头领,在彩霞宫设宴庆贺。酒过几巡,龙王举起酒杯对马骥说:"我有个爱女,还没有择婿,愿意把终身托付给你,先生愿不愿意?"对龙王的宠爱,马骥心情激动,连忙感谢龙王。第二天,马骥赶去上朝,龙王封他为驸马都尉。龙王还把他的赋迅速传到四海。四海龙王,都派专员来祝贺,并抢着发出请柬邀请驸马赴宴。马骥穿着锦绣衣服,骑着青龙,吆喝着走出宫殿。几十名武士前呼后拥,一路上人欢马叫,不到三天,就游遍了四海。从此,"龙媒"的名声四海皆知。

马骥和龙女相亲相爱,生活十分美满。龙宫中有一棵玉树,树干晶莹,叶子如玉,又小又多,洒下满地浓荫。马骥与龙女常在玉树下吟诗唱歌。玉树开的花像栀子花,奇怪的是,每一片花瓣落下,都铿锵有声。捡起来一看,像红玛瑙雕刻而成,晶亮可爱。此情此景,身在龙宫的马骥却生出伤感,因为他想起了故乡。后来,他的思乡之情日浓,于是,他就对龙女说了自己的想法,他问龙女能不能同他一起回故乡。龙女对他说,仙界与人间道路不通,因此,我不能随你回去。但龙女很理解马骥思念故土、思念父母之情。马骥听龙女一番诉说,禁不住眼泪直流。龙女对马骥说:"两地同心,就是夫妻,何必要早晚在一起才叫白头偕老呢?"她要马骥在三年之后的四月八日,再驾船到南岛来,她将把他们尚未出生的孩子托付给马骥。分别前,龙王设宴送行,并送给马骥很多礼品。龙女乘坐白羊车,一直送到海边。她说了声请多珍重,便回转羊车离去了,海水又合在一起,再也看不见水下的龙宫了。

别后不久,龙女竟生下一对双胞胎。但盈盈一水相隔,仙凡永远分开了,龙女和马骥无法互通音讯。马骥一直牢记着三年的期约。到了四月八日那一天,他驾船到南岛,远远看见两个孩子浮在水面拍水戏耍,竟然沉不下去。马骥赶忙上前拉起孩子。仔细一看,他们长得都很像龙女。马骥发现他当年离开龙宫时给龙女留下的红玉莲花,而今别在孩子的花帽子上。马骥心中又喜又悲。两个孩子活泼可爱,他们咿咿呀呀地喊着要回家。马骥望着无边无际的大海,想到水下的龙女是如此贤惠,而烟波之中又无路可寻,只好怅然地抱着两个孩子回家了。

三年前分手时,龙女送给他的珠室,价值连城。这些财宝,马骥和他的孩子们几辈子也享用不完,但是,马骥心中的惆怅却越来越深,他怀念龙宫,思念龙女,更忘不了罗刹国的人。

马骥望着无边无际的大海

第十八回

促 织

　　明朝宣德年间，皇宫中盛行斗蟋蟀的游戏。为此，朝廷每年都要向民间征缴蟋蟀。这东西原本不是出于陕西，只是有个华阴县令，为讨好上司，送上了一只，试着斗了一斗，还不错，因而上司责令华阴县令常常上贡。县令又责令乡官去办。小小蟋蟀而今登上了大雅之堂，于是，街上一些游手好闲的人，每得到一只好的，就用笼子养着，作为奇货，要价很高。差役狡猾刁悍，常借这件差事，对老百姓敲诈勒索，按人口摊派征收费用，每摊派一只蟋蟀，就常常使好几户人家倾家荡产。

　　华阴县里有个叫成名的，是个童生（科举时代，读书人没考取秀才前，不论年纪大小，统称为童生），一直没考上秀才。成名为人迂腐迟钝，于是被奸猾的差役上报到县里，委派为征收费用的乡官，成名千方百计想推托却怎么也推辞不了。干了不到一年，家里一点微薄的家产几乎赔光。这次又碰上征缴蟋蟀，成名不敢按户摊派，自己又没钱抵偿，忧愁烦闷得要去寻死。他妻子说："死有什么用？不如自己去找，万一抓到一只呢？"

成名认为这话很有道理,于是早出晚归,提着竹筒、铜丝笼子,在断墙荒草之中扒石头,找洞穴,什么法子都用尽了。虽说捉到过两三只,但又差又弱,不合要求。但县官可不管这些,只是一个劲儿地限期交纳。十多天中,成名挨了差不多上百下板子,两腿被打得脓血淋漓,连蟋蟀也不能去捉了。成名在床上翻来覆去,真想一死了之。

当时村里来了个驼背巫婆,能借神的指示预卜吉凶。成名的妻子带了些钱去问卜,只见男女老少挤满了巫婆的门。进到屋里,里面的密室垂挂着帘子,帘外摆着香案茶几。问卜的人在香炉里烧上香,再拜,巫婆在旁边向空中代为祷告,嘴唇一张一合,不知道嘟囔些什么,人人都严肃地站着听。一会儿,帘内抛出一张纸,纸上写的是问卜人心中的事,一点儿也不错。

成名的妻子把钱放在桌上,像前面的人一样焚香、下拜。约莫过了一顿饭的光景,帘子一动,一张纸片丢了出来。拾起来一看,不是字,是张画。纸上画的是一座殿阁,像是寺庙,殿后小山下怪石乱卧,荆棘丛生,伏着一只叫"青麻头"的蟋蟀,旁边一只癞蛤蟆,像要跳舞的样子。

成名妻子琢磨了半天也不明白,但是看到画上有蟋蟀,与心中事暗合,就折起来收好,回家后连忙交给成名看。成名反复地自言自语:"莫不是指示我捉蟋蟀的地方?"细看纸上画的景物,与村东大佛阁特别相似。于是强行拄着手杖,拿着画,去寺庙后面。那里有座高高的古墓,顺着古墓再往前走,只见怪石乱卧,与画上的样子很相似。于是在荒草之中慢慢走,侧着耳朵听,像找一根针、一粒芥菜籽儿一样。

心、眼、耳、力都用尽了,还是连蟋蟀的影子也没看到。

成名没有灰心,还是继续搜寻。突然,一只癞蛤蟆跳了出来,成名更加惊奇,急忙追赶,癞蛤蟆跳进草丛里去了。成名蹑手蹑脚地扒开草丛仔细寻找,见有只蟋蟀伏在荆棘根下,他急忙扑了上去,蟋蟀又跳进了石洞里。成名用尖细小草探进去挑逗,蟋蟀也不出来;拿水桶往洞里灌水才出来。蟋蟀外形健壮,成名追了上去,终于抓住了。仔细一看,大身子,长尾巴,青色的颈项,金色的翅膀。成名高兴坏了,忙用笼子装回。全家人为此庆贺了一番,不亚于得到一块价值连城的璧玉。成名把它养在盆里,用白螃蟹肉、黄栗子粉喂养,特别细心周到。准备一到期限,交上去了却官差。

成名有个儿子,才九岁,趁父亲不在时,偷偷打开笼子。蟋蟀一下子跳了出来,逃得飞快抓不住。成名儿子用手使劲一搲,将蟋蟀抓到手时,它已经腿断了,肚子也被挤破了,不一会儿就死了。孩子十分害怕,哭着告诉了母亲。他母亲听说后,脸色像死灰一样,大骂道:"害人精,你的死期到了!你爸爸回来,自然会跟你算账的!"孩子哭着走了。不多会儿,成名回来了,听妻子说了以后,像被泼了一身冰水,怒气冲冲地找孩子算账,孩子却不知跑到哪里去了。接着,在井里找到了孩子的尸体。夫妻二人的愤怒变成了悲恸,呼天抢地,痛不欲生。夫妻二人痴呆地对着墙角,不吃不喝,默默地相对,都不想再活下去了。天快黑的时候,成名夫妻二人想用草席卷起孩子的尸体去埋葬,走近一摸,好像还有气息,于是高兴地把孩子放到床上。半夜,孩子苏醒过来了,夫妻二人心里稍稍得到点安慰。但成名看着空空的蟋蟀笼子,顿时急得上不来气,话也说不出,也不敢再追究孩子的过错。他们从夜晚直到天明,都没合过眼。

太阳出来后,成名还仰卧床上,十分忧愁。忽然听见门外蟋蟀鸣叫,一惊而起,跑出去一看,见那蟋蟀还活着,高兴地去抓,蟋蟀叫了一声跳走了,跳得很快。用手掌去捂,手掌里像什么也没有。手刚刚拿起,蟋蟀又突然跳走了。成名忙追去,转过墙角,它又不知到哪里去了。成名走来走去,四面张望,见蟋蟀伏在墙上,仔细一看,它短小,方头长腿,顿时感到不是先前的那只。成名因为它小,看不上,仍不住地到处去看,寻找他所追捕的那一只。这时墙壁上的那只小蟋蟀,忽然跳到他的衣袖上。只见它梅花翅膀,方头长腿,觉得好像还可以,就高兴地收养了它。将要献上县衙时,又害怕上司不满意,想试着斗斗,看看怎么样。

村里有个喜欢多事的少年,养了一只蟋蟀,取名叫"蟹壳青",每天跟别人斗,无不取胜。这少年想养着赚大钱,但总也没有人来买。一次他到成名家看成名所养的蟋蟀,一看,他竟捂着嘴笑了起来。于是把他的蟋蟀拿出来,放进笼子。成名一看,少年的蟋蟀是个庞然大物,又长又壮,自己感到惭愧,不敢比斗。少年坚决要斗,成名转念一想:养一只差的,到底没用,不如斗一斗,乐一乐。于是一起放进斗盆。小蟋蟀趴着不动,呆若木鸡。少年见状大笑。成名试着用猪鬃去撩拨蟋蟀的触须,还是不动,少年又笑。撩拨几次,小蟋蟀大怒,向"蟹壳青"冲去,相互跳跃扭斗,发出厮打的声音。过了一会儿,只见小蟋蟀跳了起来,张开尾巴,伸长触须,直咬敌方的颈子。少年大吃一惊,急忙把它们分开了。小蟋蟀仰头鸣叫,似乎在庆祝胜利一样。成名大喜。

突然,一只鸡跑了过来,并伸颈去啄小蟋蟀。幸好没有啄着,蟋蟀跳开一尺多远,鸡又向前一冲,追逼着,蟋蟀已在鸡爪之下了。成名仓促之间,不知怎么救助,急得直跺脚,脸色都吓白了。到跟前一看,只见鸡伸着脖子,一个劲儿地晃荡头。仔细一看,蟋蟀趴在鸡冠上,用力咬着不放。成名更加惊喜,急忙捉住蟋蟀放进笼子里。

第二天,成名把这只蟋蟀献到县官那里。县官见它短小,愤怒地斥责成名。成名辩解说这是一只奇异的蟋蟀,县官不信,于是,拿它同别的蟋蟀斗,结果都被它击败,又用鸡试,果然像成名说的那样。于是奖赏了成名,把蟋蟀献给巡抚。巡抚非常高兴,用金丝笼子装着献给皇上,并写了一篇奏折,详细地述说了它的本领。小蟋蟀进皇宫后,皇宫里的人便把天下所贡的"蝴蝶""螳螂""油利达""青丝额"等一些有特殊本领的蟋蟀,都拿出来与它斗,没有一只能胜过它。每听到琴瑟的声音,这只小蟋蟀就随着节拍跳舞,皇上更加惊奇。皇上非常高兴,下诏赐给巡抚名马和绸缎。这个巡抚倒还没忘记是谁献上的。不久,华阴县官以治理地方"特别卓越"而闻名。县官一高兴,免去了成名的徭役,又嘱咐学使,让成名入了县学,成了秀才。

过了一年多,成名的儿子精神也复原了,他自言自语:"我变为敏捷善斗的蟋蟀,现在才苏醒。"

巡抚也重赏了成名。没过几年,成名拥有百顷田地,大片楼房,牛羊更是数以千计。出门时,他穿皮衣,骑好马,比官宦人家还阔气。

第十九回

崔　猛

　　崔猛是个世家子弟,性情刚毅。小时候在学堂读书,学童们谁要是稍微触犯了他,就拳脚相加,老师多次惩罚,他都不肯改悔。到了十六七岁,武艺超群不凡,能撑着长竹竿穿越房脊。

　　崔猛爱打抱不平,惩治豪强,扶持弱小,不避嫌疑,不怕结仇,因此乡亲们都很敬服他。他对母亲很孝顺,母亲一出面,他就消气了。母亲总是狠狠地责备他,他虽当面表示接受,但一出门就忘了。

　　他家隔壁有个凶悍的泼妇,经常虐待婆婆,婆婆饿得快要死了,她儿子偷偷给她点儿东西吃,被这泼妇知道后,把他骂个狗血喷头。崔猛听说后很愤怒,跳过墙去,把泼妇的鼻子、耳朵和唇舌都割掉了。崔母知道后很害怕,叫来邻家儿子,说尽了好话,并以财物周济,还把年轻的婢女许配给他,事情才有所平息。为此,崔母气得直哭,不肯吃饭。崔猛有些害怕了,跪在地上,请母亲用木杖打他,并保证日后改悔,母亲还是痛哭,不理睬他。崔妻周氏也跟着跪下,崔母于是用木杖打他,并用针在他手臂上刺了十字花纹,染上朱红颜料,使其永不消失。崔猛都接受了,崔母才肯吃饭。崔母喜欢用饭招待化缘的和尚,而且常常让他们吃饱喝足。

　　一次,一个道士在门口化缘,崔猛打他身旁走过,道士眼盯着他说:"公子身上有一股凶猛强横之气,恐怕难得有一个好的下场。你们积善之家,不应该落得这样。"崔猛刚受母亲的惩治,听了这话,便恭恭敬敬地说:"我也知道自己脾气不好,但一看见不平的事,总是不能约束自己。我想尽量改变自己,这样是否可以免祸呢?"道士笑着说:"暂且不要问可不可以免祸,应该先问问自己能否改掉自己的脾气。你应当下狠心压住自己的脾气。万一出了事,我告诉你一个解救的办法。"崔猛平生不相信消灾除祸的妖术,笑着不说话,道士说:"我知道你不相信巫术,但我所说的,和巫婆们念咒祈祷有所不同。叫你做积德的事,即使没有效果,但也不会坏事。"崔猛向他请教,道士才说:"刚才在门外碰到的那个青年人,你应该好好结交他,这样即使你犯有死罪,他也能保你活命。"道士叫出崔猛,告诉了那个青年的住所。

　　那个青年是老赵的儿子,名叫僧哥。老赵是南昌人,因为年成不好闹饥荒,客居建昌。崔猛从此和赵家结为深交,还请老赵一家住在他家,并给他十分优厚的待遇。僧哥才十二岁,他按照礼节拜见了崔母,并与崔猛拜为兄弟。第二年春耕时,老赵携家人回老家南昌,从此断了音讯。崔母自从邻居家的泼妇被害以后,对崔猛的管教更严了。有来诉说冤仇的,都被严词拒绝了。

　　有一天,崔母的弟弟死了,崔猛跟着母亲去吊丧。路上遇见一伙人绑架一个男人,围观的人把路都堵住了,车子不能前进。崔猛上前打听,原来是一个大乡绅的儿子,横行乡里,看到一个叫李申的妻子很漂亮,便命令他的家人引诱李申赌博,又借高利贷给他,并强迫他在借券上写明以老婆作抵押。李申输完了钱又赌了一个晚上,欠了几千文钱的赌债。李申没钱还债,那个乡绅的儿子便派人把他的老婆抢走了。李申在乡绅门前哭诉,那个乡绅的儿子大怒,把李申绑在树上,棍打鞭抽,还用剑刺,逼李申立下"无悔状"。崔猛听了这个事情,打算动用武力。崔母掀开车帘喊道:"哎!你又想干什么?"崔猛只得停下。吊完丧后回到家,他气得不作声,也不吃饭,只是呆呆地坐着,好像在嗔怪什么。妻子问他,他也不回答。到了夜晚,他和衣而卧,在床上翻来覆去睡不着,第二天晚上又是这样。有时突然开门外出,一会儿又回来躺下。这样过了三四天,妻子也不敢多问。后来一次出去很久才返回,关上门就睡得很深沉了。

后来才知道,这天晚上,那个乡绅的儿子被人杀死在床上,肚子被剖开,肠子也流了出来,李妻也被杀死在床下。官府怀疑是李申干的,把他捉来惩治。李申被加上手铐脚镣,脚踝骨都被磨破了,最终没有供认。一年以后,李申因受不了重刑,只得违心招供了,于是被判了死刑。

这时,崔母也死了。下葬以后,崔猛告诉妻子说:"杀那个乡绅儿子的人其实是我,当时因为母亲还在,没有说出去。现在母亲的事也料理完了,我怎能自己犯罪却让别人受刑呢?我准备到官府去自首,接受死刑。"崔猛到官府去自首。

县官非常奇怪，给他上了刑具送到狱中，释放了李申。李申不答应，坚决承认是自己干的。县官无法判决，只有将两人同时拘禁。

李申的家属和亲戚都讥讽责备李申，李申说："崔公子所作的事，是我想做的，但我办不到。他代我做了，我怎么能眼看着他去死呢？"坚决不肯改口，和崔猛争相招供。

不久，衙门终于知道了事情的真相，强迫李申出狱，以崔猛抵罪，并准备处以死刑。这时，正碰上审查刑事案件的赵部郎来检查，赵部郎审阅案卷时发现了崔猛的名字，便让旁人退出，喊来崔猛。崔猛进来抬头一看堂上的赵部郎，原来是赵僧，又悲又喜地把事情经过说了。赵部郎犹豫了很久，依旧叫人把崔猛押回监狱，嘱咐狱卒好好照顾他。不久，以自首为名给他免去了死刑，充军至云南。李申为了侍奉崔猛，也去了云南。不满一年崔猛就被赦免回家。

回乡以后，李申始终跟随崔猛，代他经营产业，料理家事。崔猛给他工钱，他不肯要，但对学飞檐走壁、舞刀弄枪的事儿非常感兴趣。崔猛待他很好，花钱给他娶了妻，置了田产。崔猛从此痛改过去那些过火的行为，变得遇事冷静，善于克制自己了。

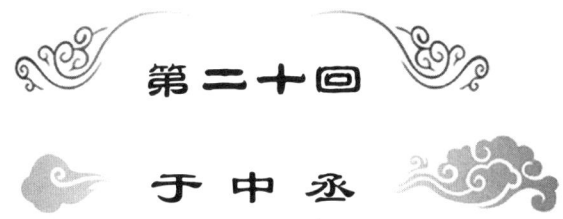

第二十回

于 中 丞

　　巡抚官于成龙到江苏高邮检查公务,途中碰上豪绅家准备嫁女儿,但在女儿出嫁前夕,他家的好多嫁妆夜里却被盗贼挖穿墙壁给偷光了。刺史无法破案,于是这件案子转由巡抚办理。

　　于公命令把所有城门都关上,只留一个城门放行人出入。与此同时,他派公差守门,严格搜查进出的人所携带的行李。又出告示通知全城人都回家去,等候第二天全城大搜查,他坚信一定能找到赃物。

　　精明的于公暗中嘱咐公差说,看见出入城门频繁的人,就抓起来。刚过中午,公差就发现了两个人。他们除了身上衣服,并未带行李。于公说:"他们就是真强盗。"这两个人诡辩不承认。于公下令解开他们的衣服搜查。只见长袍里面还穿着两套女衣,都是那女子嫁妆中的东西。

　　原来,盗贼害怕第二天全城大搜查,急于转移赃物,但赃物太多难以带出,所以暗中穿着多次出城。

　　于公对侦破案件很有高招。他在当县令时,有一次到邻县去办事,大清早经过城外,看见两个人用床抬着一位病人,病人身上盖着大被子。枕头上露出病人头发,头发上插着一只凤头钗,病人侧卧在床上。有三四个壮汉子夹在两边紧跟着走,不时轮番用手推塞被子,压在病人身子底下,好像怕风吹了。一会儿,他们放下病人在路边休息,又换两个人抬。于公走过去后,派随从转回去问他们,他们说是妹妹病危,要送她回丈夫家去。于公走了两三里路,又派随从回去,查看他们进了哪个村子。随从暗中跟着他们,到一个村子,有两个男人出来迎接。随从回来告诉了于公。

于公到县里,问这县的县令:"贵县城中有没有发生抢劫案?"县令说:"没有。"当时对地方官的政绩考查得很严,上下各级官员都忌讳出现抢劫案,即使有被盗贼抢劫甚至杀害的,也隐瞒不报。

于公到客馆住下,吩咐家人仔细查访,果然打听到附近有个有钱人被强盗闯进家里,用烙铁烫死了。于公把死者的儿子叫来问情况,他却坚持不承认有这事。于公说:"我已经替你们县把大强盗抓来了,并无别的意思。"死者的儿子这才叩头痛哭,请求为他的父亲报仇雪恨。

于公于是连夜去见县令,县令派了强健的差役四更天出城,一直到那村中,捉了八个强盗,经过审查都认了罪。盘问那病妇是何人,强盗供认:"作案那夜都在妓院里,所以与妓女合谋,把金银放在床上,叫她抱着,抬到窝主家才瓜分。"

大家都佩服于公神明,有人问他怎么识破这案子的。于公说:"这很容易识破,只是人们不留心罢了。哪里有年轻妇女躺在床上,而让别人把手伸进被子里去的道理?而且,他们不断换人抬着走,一定很沉重。床两边的人交手保护,就明白里面一定藏有贵重东西了。如果真的是病妇病重抬回家,一定会有妇女出门迎接,但出来接的却是男人,又没有问一句病情,因此我判断这伙人就是强盗。"

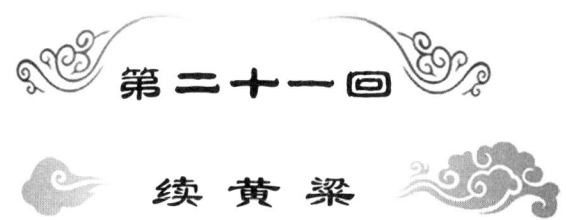

第二十一回

续 黄 粱

　　福建有个曾孝廉，他参加会试考中后，与两三个新发迹的人到郊外游玩。偶然听说昆卢禅院寄住着一个算命先生，于是他们一同骑马去问卜。算命先生见他得意扬扬，便稍稍奉承了几句。曾某摇着扇子微笑，问道："先生，你看我有穿蟒袍、系玉带的福分没有？"算命先生说他会当二十年太平宰相。曾听了很高兴，更加得意起来。

　　这时天下起雨，于是曾和同伴到和尚屋里避雨。房里有位老和尚，凹眼睛，高鼻子，坐在蒲团上，也不搭理他们。他们上了炕，自顾说笑，大家祝贺曾将来当宰相。曾更加趾高气扬，指着同来的说："我当宰相时，推荐张年兄当南面巡抚，家里表兄当参将，我家老仆人也捞个小小的千总当当，我心愿就满足了。"

　　不一会儿，听得门外雨越下越大，曾疲倦地伏在炕上打盹，他恍恍惚惚地看见两个宫中使者捧着皇帝的手诏，叫"曾太师"去商量国事。曾得意扬扬地急忙赶去上朝。皇上见了他，把座位往前挪了挪，和颜悦色地和他说了半天话，并命令三品以下官员，都得听他升降。皇上还当场赏赐蟒袍、玉带、名马给他。曾穿上蟒袍玉带,叩头礼拜后走出殿来。

回到家里,发现已不见原来的旧房子,而是雕梁画栋,极为壮丽,自己也不明白怎么突然到了这个地方。他拈着胡须轻轻一喊,仆人们便赶忙答应。不一会儿公卿们送来海外奇珍异宝,对他恭恭敬敬的人进进出出,络绎不绝。如果是三公六卿来,他热情迎接;若是官小一级的侍郎一辈来,他施个礼,说说话;比这级还低的,点点头罢了。山西巡抚送来十名歌女,个个美丽,最美的是袅袅和仙仙,二人特别受他宠爱。每逢假日,他就整天沉醉于歌舞之中。

一天,曾某想到自己贫困的时候县里士绅王子良接济过自己,现在我已青云直上,他还在仕途上艰难跋涉,为什么不伸手帮他一把呢?于是,第二天早朝时他就向皇帝呈上了奏折,推荐王子良为谏议大夫。他的奏折,马上得到批准,皇上立即提拔了王子良。曾孝廉又想到郭太仆曾得罪过自己,过了一天,便将弹劾郭太仆的奏章送了上去,皇帝果然撤了郭的职。曾某恩怨已了,心里好生痛快。

一天,他去郊游时,一个醉汉撞了他的仪仗,他马上派人将醉汉捆起,送到京尹衙门里问罪,那个倒霉的醉汉竟被打死在棍子下。这样一来,那些房屋田地与曾家相连的人家,都因怕他的权势,只得把良田房产献给他,曾孝廉从此也就成了名副其实的达官贵人。

不久,袅袅、仙仙相继死去,他在思念之余,想起过去见到的东边邻家女儿非常美丽,常想买来作妾,总是因为缺钱而不能如愿,现在可以实现自己的愿望了。于是派些老练的仆人,强行把银子送到她家,不一会儿,一乘藤轿就把邻家女儿抬来了。她比起往日显得更为娇艳,曾孝廉高兴异常。他回顾平生,感到所有的愿望都得以实现了。

时光荏苒,"曾太师"在宫中享受了二十年的荣华富贵后,朝中官员开始窃窃私语,好像心里对他不满,然而那些人都是各自为己的人,曾某盛气不减,没把他们放在眼里。

有个学士包某向皇上呈了一份奏折,大意是说:"曾某原不过是一个饮酒赌博的无赖,只因一句话迎合皇上,便蒙皇上宠爱,一人得道,鸡犬升天,恩宠享受到了极点。他不想粉身碎骨,以报答皇上的恩典,反而放肆胡为,作威作福,罪恶多得像头发一样数也数不清。比如说,朝廷官爵,他视为牟利的奇货,按照官职的肥瘦,定出不同的价格,因而公卿将士,都奔走在他的门下。他看人打发,拉扯关系,简直像个商贩。对他仰承鼻息、望尘迎拜的,更不计其数。倘若有的忠臣贤士不肯阿谀服从,轻则降为闲散之职,重则削职为民;甚至有一点点地方没偏袒他,就会得罪他这个颠倒黑白的奸臣;若一句话触犯了他,就被贬谪到荒远之地。朝廷官员感到寒心,皇上也因此孤立。加之他任意侵占百姓的良田和良家女子,冤气邪气充塞四方,暗无天日。对他的奴仆,郡守、县令也要奉承。他写封书信,司法、监察也得徇情枉法。他的养子、亲戚,出门坐官府车马,如风行雷动一样威风,地方上供应稍慢,马上就受到鞭打。他荼毒人民,奴役官府。护卫人员所到之处,大肆骚扰,连野外青草也踩得一干二净。曾某如今正威势显赫,仗着皇上宠爱,毫无悔过之心。他昼夜荒淫,根本不考虑国计民生。世上难道有这样的宰相吗?
如今内外惊诧,人心浮动,若不赶紧诛杀,一定会酿成王莽、
曹操那样的灾祸。因此,我日夜忧惧,不敢安居,冒着死罪,
列出他的罪恶,希望皇上有所了解。我请求斩奸臣之头,没
收他贪赃枉法得来的家产。这样做,上可消除天怒,下可安
抚民心。如果我的话有假有错,刀劈火烧也心甘情愿。"奏折
送了上去,曾太师听到后,吓得魂飞魄散。幸好皇上宽容,扣
在宫中不发。

接着,各级官员也纷纷上奏弹劾,就连过去拜在他门墙
之下、称他为义父的人,也翻脸相对。结果曾某被奉旨抄家、
充军云南。他儿子担任平阳太守,宫中也已派官员前去捉拿
审问。

曾某听到圣旨,惊恐不已。这时,几十名武士带剑持矛,
直进内室,剥去他的衣帽,将他和他的妻子一起捆了起来。
一会儿又见好多人在搬他的财物,只见金银钱钞几百万,珠
翠玛瑙等几百斛,帘幕帐帷被褥等几千件,至于小孩衣物、女
人鞋袜则掉落一院。过了一会儿,见一人把他的美妾拖出,
曾某心如火焚,却又敢怒不敢言。又过了一会儿,楼阁仓库
都被贴上封条。武士吆喝着把曾某赶了出来。

押解的人牵着绳子把他们拉出门去,曾氏夫妻忍气吞
声,走上充军道路。走了十几里路后,他妻子脚小,几乎跌
倒,幸亏曾某用一只手拉住了她。又走了十多里,他也很累
了。忽见一座高山,直插云霄,曾某担心自己无力翻山,挽着
妻子相对哭泣。押送的人凶狠地盯着,不许稍停。眼看日已

西斜,无处可以投宿,不得已,只好一跛一跛地向前走。等走到山腰,他的妻子已精疲力尽,在路旁坐着哭泣,曾某坐下歇息,任那押送的人呵斥责骂。

忽然听到很多人喊叫,原来是一伙强盗手拿利刃冲了过来,押送的人大惊,逃跑了。曾某跪下告诉他们:"我被贬远方,口袋里一点值钱的东西也没有。"群盗瞪着眼睛对他说:"我们都是被害的冤民,只求得到你这个奸贼的头颅,其他的什么也不要。"曾某愤愤地回答他们说:"我虽是个有罪之人,但还是朝廷任命的官员,你们这些强盗怎么敢这样胡来!"强盗不由分说,便用大斧向曾某的颈子砍去,刀起头落,曾某本人都听到头落地的声音。

曾某的魂魄正在惊疑之际,立即有两个小鬼过来将他两手反捆了起来,赶着他往前走。过了几刻钟,来到一个城市。一会儿,便看到一座宫殿,一个长得很丑的大王坐在殿上,靠着案桌判决人的罪和福。曾某上前跪下听命,大王打开他的案卷,才看几行就大怒,说道:"这人犯的是欺君误国之罪,应当放在油锅里炸。"这时,万鬼齐呼,响声如雷。随即有个大鬼把他甩到台阶下,只见大鼎高七尺多,四周围着烧红的木炭,鼎脚已烧得通红。曾某颤抖着哀哭,欲逃无路。鬼用左手抓住他头发,右手握住他脚踝,一把将他抛进鼎里。曾某只觉得孤单一人,随着油波上下翻滚,皮肉都炸焦了,痛得钻心,滚烫的油涌进嘴里,连五脏六腑也在煎炸。曾某只想快点死,但想尽法子也死不了。

大约过了一顿饭的时间,鬼才用一个大叉子叉出曾某,曾某又伏在堂下。大王又翻看案卷,生气地说:"你仗势欺人,应受刀山狱的惩罚。"鬼又把他抓过去了。只见一座山,悬崖峭壁,到处是利刃,像密密的竹笋一般,前面已有几个人在刀山上刺破肚子,切断了肠子,呼号之声,十分悲惨。小鬼催曾某上刀山,曾某大哭着向后退缩。鬼又用毒锥刺他的后脑,曾某忍痛哀求。小鬼一怒把曾某抓起,向空中用力一丢,曾只觉身在云霄之上,晕晕乎乎往下一落,刀刃交错着刺进胸膛,痛苦之状,难以言说。又过了半天,身子往下坠,刀尖扎得越来越深,忽然脱落下来,四肢像虫子一样卷成一团。

小鬼又把他赶去见大王。大王叫人计算曾某一生卖官鬻爵、贪赃枉法、霸人财产,得了多少银子。立即有人拿着筹码计算,说:"三百二十一万。"大王说:"他既然聚积得来,还是叫他都喝下去。"不一会儿,把金银像山一样堆在台阶上,然后一点点放进铁锅里,用烈火熔化。又叫几个小鬼来,轮流用勺子往曾某的口里灌。熔液流到脸上,皮肤立刻焦烟绽裂,灌进喉咙里,五脏六腑立刻沸腾。曾某生前怕的是这东西少了,这时怕的是这东西多了。

大王又命令把曾某押到甘州。走了几步,见架上直立着一根铁梁,有几尺粗,上面拴着火轮,直径大得不知有几百里,火焰五彩缤纷,光照云霄。小鬼用鞭子抽打,催他上去,他刚闭着眼睛跳上去,轮子就随着脚转起来,好像一会儿就会掉下来,吓得他全身冰凉。睁开眼睛一看,自己已成女婴。看看她的父母,穿得破破烂烂,土房子里面,还放着瓢和木棍。她心里知道自己已成了乞丐的孩子。

后来她随乞丐穿着破衣，顶着寒风，托着碗讨饭，肚子饿得咕咕叫。不久，她被卖给顾秀才作妾。秀才大老婆十分凶悍，每天用鞭子棍子打她，动不动就用烧红的铁烙她。幸而丈夫还比较同情她，稍稍能得到点安慰。

有一天晚上，她正在房里睡觉，忽听一声响，房门大开，有两个贼拿着刀进来了，他们凶狠地砍下秀才的脑袋，把衣物抢劫一空。她躲在被下缩成一团，不敢作声。不久贼人走了，她才敢跑着去喊顾秀才的大老婆。大老婆大惊失色，和她一起来验看尸体。大老婆怀疑是她勾引奸夫杀死丈夫，于是写了状纸，告到刺史那里。刺史严刑审问，终用酷刑使她招了假供，按法律当处以死刑，并把她押赴刑场。她冤气填胸，跳起来喊冤，觉得阴司九殿十八层地狱也没有这样黑暗。

正悲号时，听到同游的人喊道："你做恶梦吗？"曾孝廉睁眼一看，见那老和尚还在蒲团上打坐。同伴争着对他说："天色已晚，肚子也饿了，你为什么如此酣睡？"曾某这才面容惨淡地坐了起来。那老和尚微笑着说道："二十年太平宰相的占卜应验了吗？"曾某更加惊奇，忙下拜请教，和尚说："修德行善，陷入火坑之中也有解脱之日，我这山中和尚能知道什么呢？"曾某兴高采烈而来，灰心丧气而归。从此，曾某再也没有做宰相的念头了。

曾某向老和尚请教

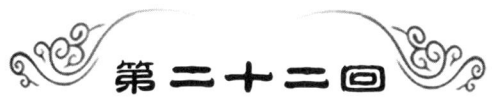

第二十二回

胡四相公

山东莱芜有个人叫张虚一,性格豪放,不拘小节。他听说城内某家住宅被狐狸住了,就怀揣名片去拜谒,希望能见到它们。名片塞进门缝后,过了一会儿,门自动开了。随他来的仆人大惊,吓得逃跑了。他却恭恭敬敬地进去了。

只见里面家具摆设整齐,却寂静无人,他便作揖祷告:"小生诚心前来,狐仙既不让我吃闭门羹,何不让我们见见面?"忽听得空房内有人说:"有劳你屈尊到此,真是空谷足音,让人感激,请坐赐教。"即刻就有两把椅子移成对坐的位置。

张虚一刚坐下,就有一个镂花红漆盘托着两盏香茶送到他面前。每人一杯,张虚一只能听到狐仙的喝茶声,却始终看不见。茶喝完后,就摆上了酒。张某仔细询问对方的家世,主人说:"弟姓胡,排行第四,号相公,仆人都这样叫我。"于是两人边喝边说话,意气很相投。桌上鳖肉鹿脯,杂有香菜。上酒上菜的,像有许多小厮。张某酒后想喝茶,他刚有这个想法,茶就放在桌子上了。只要他刚想要什么,东西没有不马上出现的。他十分高兴,喝得大醉而归。从此,张某每隔三天就拜访一次。胡家四相公有时也到张家,张某也以宾主之礼相待。

有一天,张某问胡四:"南城有个巫婆,假托狐仙,骗病人的钱,不知你认不认识她家的狐仙?"胡四说:"假的,她家根本就没有狐狸。"过了一会儿,张某起身去解手,听见有人小声对他说:"刚才说的南城假托狐狸的巫婆,不知是什么人。小人想跟着先生去看一下,麻烦您给我主人说一声。"他知道是小狐,便答应了。于是,他请求胡四说:"我想带你手下一两个仆人去探访一下那个巫婆,希望你能同意。"胡四坚持说不必要,张某再三求他,他才同意。

张某马上告辞,他刚出来,一匹马就朝他跑过来,好像有人牵着。骑马上路,小狐在路上对他说:"先生走路时,如果有细沙落在您的衣襟上,那就是我们在跟着您。"说着说着,便到了南城巫婆家。巫婆见张某来了,笑着迎接说:"贵人怎么光临寒舍?"他说:"听说你家狐狸很灵验,真的吗?"她立刻绷起脸来厉声说:"这种话,不应出自贵人之口!怎么能说狐狸?不怕我家花姐不高兴吗?"她话没说完,空中就落下半块砖,打中她手臂,她踉踉跄跄要跌倒,吃惊地对张某说:"你为什么抛砖打我?"张某笑着说:"你瞎了眼!哪有自己额头被打破,怪罪袖手旁观的人?"她正在惊愕砖头不知从哪里飞来时,又有一块石头打中了她,她便倒在地上,接着污泥纷纷飞到她的脸上,把她涂抹得像鬼一样,她吓得大叫饶命。张某请求饶恕她,污泥才没有再飞。她急忙跑进房里,关起门不敢出来。张某喊着问她:"你的狐狸比得上我的狐仙吗?"她一个劲儿谢罪。张某抬头望着空中,嘱咐小狐不要再击伤巫婆,她才胆战心惊地走出来。张某笑着教训了她一顿,这才走了。

从此,张某每次独自一人行走,只要发现尘沙像雨一样落在他衣服上,就喊小狐说话,没有不灵验的。他因有小狐作伴,连虎狼暴徒都不怕。这样过了一年多,他与胡四关系更加亲密了。

一天晚上,张某对胡四说:"世上像你我这样的好朋友,可以说没有遗憾了,只是我始终没见到你的面容,这有些让人遗憾。"胡四说:"只要交情好就够了。何必硬要看到面孔?"

有一天,胡四摆酒请张某,并向张某告别。张某问道:"准备到哪里去?"胡四说:"我打算回家乡陕西。你常说见不到我感到遗憾,今天请你见一下结交多年的好朋友,日后也好相认。"张某四处看都没看见。只听胡四说:"你打开房门,我就在里面。"张某照他说的,打开房门,只见一个穿戴整齐、眉目清秀的美少年望着他笑,突然又不见了。张某转身出房,只听到脚步声在后面响。胡四说:"你现在没有遗憾了吧?"张某依恋不舍。胡四宽慰道:"离别自有定数,你不必伤心。"说完用大杯劝张某畅饮。饮到半夜时,才打起灯笼送张某回去。

张某第二天去探望胡四,只剩下一座冷落的空房子。后来,张虚一的弟弟张道一当了西川学使。张虚一仍很清贫,到西川看望弟弟,原指望弟弟会接济他,但弟弟送的东西很少。张虚一在回家的路上叹息不已。这时,他发现有个少年骑着头驴子跟在后面。张某回头,见他衣着华丽,神态优雅,便主动与他说话。少年见张某不高兴,就问其原因。张某感叹地把情况告诉了少年。少年安慰了张某几句。两人走了一里多路,来到了岔路口,少年与张某拱手告别时说:"前面有个人,代你的老朋友送点礼物给你,请你笑纳。"张某想问一下,少年却骑驴走了。张某困惑莫解,又走了两三里路,只见一个老仆人提着一个小竹筐子,送到他的马前,并说:"是胡四相公敬献给您的。"他这时才恍然大悟,接过竹筐一看,里面装满白银,再看老仆人时,已经不见了。

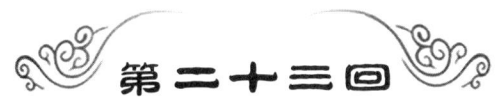

从前,济南有个道人,无论春夏秋冬,他都穿着一件单衣,腰间系根黄腰带,也不穿短衣和裤子。每天用半截梳子梳头,用梳子齿把头发拢得像顶帽子。白天光着脚在街上走,夜晚露宿街头。冬天,他能把身边几尺外的冰雪都融化了。此人刚到济南时,就在街上表演幻术。许多人争着送东西给他。街上有个泼皮,送酒给他,请他传授幻术,他不干。

有一次道人在河里洗澡,泼皮突然抱起他的衣服威胁他。道人说:"请把衣服给我,我会传授给你的。"泼皮怕他变卦,坚决不给他。道人说:"真不给我吗?"泼皮回答:"是的。"道人默不作声,他的黄腰带忽然变成一条几拃粗的蛇,在泼皮的身体上缠了七八圈。只见那蛇昂着头,怒睁着眼,吐出舌头对着他。泼皮脸都吓青了,气也接不上,连忙跪在地上求饶。于是道人把蛇抓住,到了他的手中蛇又变成了黄腰带。这样一来,道人的名气更大了。有个官员听说他有奇术,便请他做客。从此,道人经常出入大户人家。州、府的官员也知道他,每次宴会都请他陪席。

有一天,道人决定在水亭上设宴,请众官饮酒,以回报他们。到了那天,那些官员的桌上都有道人的请柬,但不知这请柬是从哪里来的。众官来到宴会的地方,道人弯腰迎接他们。进去后,只见亭内空无一物,桌椅全无,众官怀疑是假的。道人对众官说:"我没有仆人,借用一下你们的仆人,替我帮个忙。"大家同意了。道人就在墙上画了两道门,用手敲了一下,里面看门的就把门打开了。大家跑上前往里看,只见隐隐约约的人来往不断,屏风、帷幕、床桌,应有尽有。不一会儿有人把东西传到门外,道人叫众官的随从接着放在亭中,并嘱咐他们不要与里面的人说话。一边送,一边接,只是相视而笑。不一会儿,亭内摆设已满,而且非常豪华。美酒香气扑鼻,熟肉热气腾腾,都是从墙上门里传递出来的。众官无不惊奇。

亭子背靠湖水,每到六月时,几十顷的荷花,一望无际。现在时值严冬,窗外一片空茫,只有一湖绿水。有个官员偶然感叹说:"今天盛会,可惜无荷花助兴!"话音刚落,一个小吏突然跑来说:"荷叶满塘绿了!"众官大吃一惊,打开窗户远眺,果然满湖青葱,间杂有几朵荷花。转眼间,千万朵荷花一齐开放,北风吹来,阵阵荷香沁人心脾。众官派人划船去摘荷花,远远看见小吏到了荷花深处,众官无不叹服。后来,他掉转船头,空手回来了。众官问是什么原因。小吏说:"小人划船去,见荷花在远处,渐渐快到北岸时,又见荷花远远地在南边。"道人笑着说:"这是幻化出来的假花。"众官无不叹服。后来,酒席散了,荷花凋谢了,突然刮起北风,荷梗尽被折断,一朵荷花也不见了。

　　济南有个观察公很喜欢这个道人,邀他回府,每天与他玩乐。有一天,观察公和客人饮酒。他家有一缸家传的好酒,每次只请客人喝一杯,不让客人多喝。这天,客人喝了一杯后觉得味道很好,还想再喝。观察公坚持说没有了。道人笑着对客人说:"你这个贪杯老饕真要喝个够,就向我要好了。"客人请求他。道人把空壶放在衣袖里,过了一会儿拿出来,给每人斟了一杯,与观察公家传美酒的味道一样。大家喝了个一醉方休。观察公很奇怪,去看自家藏酒的酒缸,发现封条没动,里面的酒却被喝光了。观察公又愧又怒,把道人当妖怪抓起来,拷打他。当杖刚打下去时,观察公觉得自己大腿突然疼了一下;再打一下,自己屁股上皮开肉绽。道人虽然在阶下喊叫,而观察公坐的椅子上已血水淋漓。观察公这才下令不再打道人,并赶走了他。

　　道人离开济南后,不知到哪里去了。后来有人在金陵遇见他,见他穿着和以前一样。问他的近况,他却笑而不答。

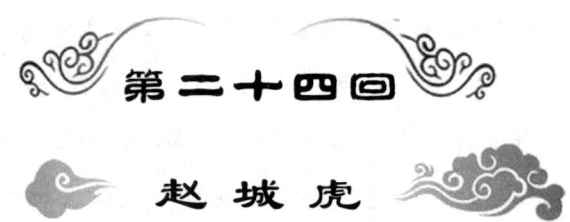

第二十四回

赵城虎

　　赵城有个七十多岁的老婆婆,只有一个儿子。一天,她儿子进山打柴时,被老虎吃掉了。她得知这个噩耗,撕肝裂肺,简直不想活在世上了。老婆婆心想:光哭也没有用。于是她就到赵城县官那里告状。

　　县官一听不由得大笑起来,他对老婆婆说:"怎么能用朝廷的法律惩治老虎呢?"绝望的老婆婆号啕大哭,谁劝也不能制止。县官呵斥她,她也不害怕。县官怜悯她年迈,不忍心对她施加怒威,于是答应为她捕捉老虎。谁知,这个执拗的老婆婆还是伏在地上不肯离开,一定要等待县官签发拘捕老虎的公文下达,拘捕老虎的差役出发了才肯走。县官拿她没办法,问手下的差役,谁能前往捕捉老虎。一个名叫李能的差役醉醺醺地到县官座下说:"我能去。"说完拿着公文走了,老婆婆这才离开县衙。

　　李能酒醒以后感到后悔,他认为这是县官设的骗局,暂且用它来摆脱老婆婆的搅扰,也就没把这件事放在心上,于是,他拿着公文去见县官。县官生气地说:"捕虎之事本来是你自己答应的,现在怎么又反悔了呢?"李能非常难堪,请求县官再下一道公文,令猎人一同前往。县官采纳了他的意见。

于是,李能集合猎人,日夜埋伏在山谷里,希望捕到一只老虎勉强交差。但过了一个多月,还是没捕到一只虎。因为没有捕到老虎,李能挨了几百棍子,冤苦无处诉说。于是到城东的岳庙里跪着祷告,求神保佑。

李能在庙里痛哭失声,这时,一只老虎突然从外面进来,李能大吃一惊,害怕被老虎吞食。老虎进庙以后,什么地方都不看,只是站在门内。李能祷告说:"如果是你吃了老婆婆儿子的话,你最好低下头驯服地让我把你捆起来。"看看老虎没有伤人的意思,李能真的拿出绳索捆住老虎的颈子,老虎竟垂着耳朵让他捆绑。李能觉得十分奇怪。但重任在肩,耽搁不得,于是,他忐忑不安地把老虎牵到县衙。县官审问老虎:"老婆婆的儿子是你吃的吗?"老虎微微点点头。县官又说:"杀人的要处死,这是自古以来的法律。再说老婆婆只有一个儿子,你把他吃掉了,她风烛残年依靠什么生活呢?如果你能够做老婆婆的儿子,我将赦免你吃人的罪过。"老虎又微微点点头。县官就给老虎松绑让它走了。

老婆婆埋怨县官没有杀老虎为她儿子偿命,准备再到县衙告状,但天亮后,打开房门,发现房门外有只死去的鹿。老婆婆卖了鹿的肉和皮,用它作为日常生活费用。从此以后,老虎有时用嘴衔了金银丝绸扔在她的院子里,有时给她叼来能卖钱的动物。老婆婆从此丰衣足食,老虎对她的供养超过了她的儿子,她心里暗暗地感激老虎。有时老虎来了,躺在屋檐下，整天不离去。人和老虎相安无事，彼此都不猜疑。

几年后，老婆婆死了，老虎像人一样赶到堂中悲号。老婆婆平日积蓄的钱财，用来安葬绰绰有余，本家族的人共同埋葬了她。坟丘刚刚垒好，老虎突然跑来，宾客吓得全部逃走了。老虎径直跑到老婆婆的坟前，像雷声轰鸣一样号叫，过了许久才离去。后来，为纪念这只通人性的老虎，当地人在赵城东郊建了一座"义虎祠"。

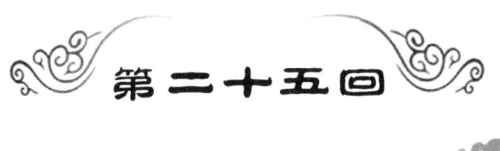

　　河南省卫辉地方有个姓戚的书生,少年风流,胆子很大,敢作敢为。当时,一大户人家有一座很大的院落,大白天都能看见鬼,家里的人莫名其妙地一个接一个死去。这大户人家无奈,只好以低价出售房屋。戚生见价钱便宜,就买下来居住。院落宽敞,但人口很少,东院的亭台楼阁,长满了艾蒿,姑且荒废着。家里人半夜惊扰,总是互相叫嚷有鬼。过了两个多月,一个女仆死去。没多久,戚生的妻子傍晚到东院的亭台楼阁去,回来后就生了病,几天后也死去了。

　　家人更加害怕,劝戚生迁移到其他地方去。戚生不听。家中的奴仆常常为鬼怪的事吵嚷,戚生一气之下拿起被褥,独自睡在荒废的亭阁中,并点着蜡烛以看究竟。但过了很久也没发现什么,他也就睡着了。

　　忽然有人把手伸进他的被子。戚生醒来一看,是一个年纪很大的婢女,耳朵蜷曲,蓬头散发,肥胖得不像样子。过了一会儿,一个少女从西北角出来,神情柔婉美妙,突然走到蜡烛下,骂道:"哪里来的狂妄之徒,居然敢在这里安稳睡觉?"戚生起来笑着说:"我是这房子的主人,等待你付房租的。"说完就起来去抓她。少女急忙逃开,并笑着对戚生说:"你这狂徒就不怕鬼吗？我要害死你。"戚生问她的情况，她说："我姓章，小名阿端，误嫁给了一个浪荡子弟，他强横固执，没有爱人之心，对我横加折磨蹂躏，我愤恨忧郁而死，埋在这里二十多年了。这所院落下面都是坟墓。"戚生说："我妻子不幸死了，我心里一直很悲伤。你能为我招她来吗？"阿端听了也感到很悲伤，说道："我死了二十年，有谁想念过我一次呢？你确实多情，我当尽力帮忙。不过听说人死投生有一定的地方，不知道她还在不在冥界。"

过了一个晚上，她来告诉戚生说："你妻子将投生到富贵人家。但因为她前生丢失了耳环，鞭打婢女，婢女上吊死了，这件案子还没了结，所以还滞留在冥界。现在暂且寄居在药王的廊下，有人看管她。我派婢女去行贿，他们答应放人，可能很快要来了。"二更将尽的时候，老婢女果然带着戚生的妻子来了。戚生握着妻子的手非常悲痛。妻子含着眼泪说不出话来。阿端告辞，说道："你们两人可以叙说离别之情，我们以后再相见。"从此以后，戚生夫妻经常相聚。

过了五天，戚生妻子忽然流着泪对丈夫说："我明天要去山东，离别会很长，怎么办呢？"戚生听了，哀伤不已。阿端劝他们说："我有一计，可以使你们暂时相聚。"两人收住眼泪问她何计。阿端说用十打纸钱，在南堂杏树下焚烧，拿去贿赂押送投生者的差役，使他缓些时候。戚生按她说的办了。到了晚上，妻子说："幸亏端娘，现在又能够多团聚十天了。"又过了七八天，戚生认为期限快要满了，夫妻整夜啼哭。问阿端有什么办法。阿端说："看情势难得再商量。但我去试一试，非要百万纸钱不可。"戚生按这个数字焚烧了。阿端来了高兴地说："我派人与押解投生者的差役游说，开始很难，后来看到钱多,心就动摇了。现在他已经用其他的鬼代替你妻子投生去了。"从此阿端白天也不离去,要戚生把门窗塞得严严实实,白天晚上都点着蜡烛。

像这样过了一年多,阿端忽然得了郁闷症,情绪懊丧,精神恍惚,像见到鬼的样子。妻子抚摸着她说:"这是鬼病。"戚生问道:"阿端已经是鬼,鬼怎么能使她生病呢?"妻子说:"不是这样,人死了变成了鬼,鬼死了变成了聻①,鬼害怕聻,就像人害怕鬼一样。"后来阿端不停地惊叫了六七天,戚生夫妇也毫无办法。一天戚生外出回来时,听到妻子的哭声,吃惊地问是怎么回事,原来阿端已经死在床上了。衣服像蜕的皮一样丢在床上,打开一看,分明是一堆白骨。戚生非常悲痛,把她安葬在祖宗坟墓的旁边。

戚生和妻子生活了三年,家里人开始听说还有点害怕,时间一长慢慢就习惯了。戚生不在的时候,家里人就隔着窗户向她请示报告。一天晚上,妻子向戚生哭道:"以前押送投生的事,现在贿赂舞弊已经泄露,上面追查得很紧急,恐怕我们不能长期相聚了。"几天后,妻子果然生病,说道:"本来愿意这样永远死去,不喜欢投生。如今你我将要永别了,难道不是命运吗?"戚生慌忙问她有没有什么办法。妻子说:"无法可想。"戚生问:"你将受到惩罚吗?"妻子说:"会受到惩罚。但偷生的罪大,偷死的罪小。"说完就不动了。戚生仔细一看,妻子的面庞形体渐渐地消失了。后来,戚生经常独自在亭子里睡觉,希望有其他奇遇,然而亭子里始终寂静,再也没有鬼怪出现。

---

①聻(jiàn):古时迷信的人称鬼死后为聻。

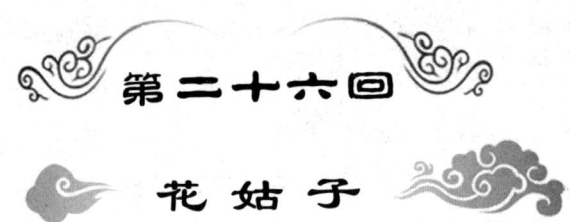

第二十六回

花 姑 子

安幼舆为人仗义疏财,喜欢放生。看到猎人捕获了鸟兽,就不惜花大价钱买来释放。

一次,他从舅舅家办事回来,傍晚路经华山,在山谷里迷了路,心里非常害怕。忽然看见一箭之地以外有灯火,就快步奔向那里。走几步,忽然看见一个驼背老头拄着拐杖,在弯曲的小道上快步行走。安幼舆停下脚步,正想问路,老头却先问他是谁。安生把自己迷了路的情况告诉他,并说那有灯火的地方一定是山村,准备到那里借宿。老头说:"那不是住宿的地方。幸亏我来了,你可以跟着我走,我家的草房可以住宿。"安生听了十分高兴,便跟随他来到一座小山村。老头敲开柴门,一个老婆婆出来开门,她问道:"郎子来了吗?"老头说:"来了。"安生进了房,见房子简陋狭小,老头把灯拨亮,催促安生坐下,便叫家人准备饭菜。又对老婆婆说:"这不是别人,这是我的恩人。你不便行走,可以喊花姑子来斟酒。"

一会儿,一个女子端着饭菜进来,站在老头旁边,用眼睛斜看安生。安生看她年轻貌美,像仙女一般。老头回头叫女子烫酒。房子的西角有一个煤炉，女子就进房生火，安生问老头："这女子是您什么人？"老头回答说："我姓章，七十岁了，只有这个女儿。种田人家里没有奴仆婢女，因为你不是别人，所以敢叫妻子女儿出来见你，希望你不要耻笑。"安生问道："女婿家在哪里？"老头说："还没有女婿。"安生不停地称赞他女儿贤惠、美丽，老头正讲谦虚话，忽然听到女儿吃惊地叫喊，老头连忙跑进去，见酒烧开溢了出来，火苗升腾，老头灭了火，责怪说："这么大的姑娘，酒烧开溢出来还不知道吗？"回头一看，炉子旁边有高粱秆扎制的女神紫姑身形还没完成。老头又斥责说："看你头发都这么长了，还像小孩子一样。"

他拿着紫姑对安生说："她贪玩这个东西，让酒煮沸了，你还夸奖她，岂不羞死人？"安生认真地看紫姑，只见她的眉毛、眼睛和衣服都制作得非常精细，称赞说："这东西虽然类似儿戏，但也可以看出她的聪明智慧。"喝了好一会儿酒，花姑子不断前来斟酒，一点也不害羞。这一夜安生睡不着觉，天还没亮，就告别回家了。

安生回到家里，就请他的好朋友到老头家去提亲。可那位朋友居然没有找到他们居住的地方。于是，安生叫仆人备马，亲自前往。到那里一看，竟是陡峭的山崖，根本没有当晚所见的那座村庄。到附近的村子探访，都说这一带没有姓章的人家，安生失望地回到家里，不想吃饭，也不想睡觉，因此得了昏沉病，勉强喝点汤吃点稀饭就想呕吐，昏迷时就喊花姑子。家人不明白，只得整夜围着守护他。不久，安生气息奄奄,生命垂危。

一天夜里,守护安生的人都困倦睡着了,安生朦胧中感到有人摇动着他,他睁开眼睛,原来是花姑子站在床前,不觉神气清爽。他久久地看着花姑子,泪水潸然而下。花姑子歪着头笑道:"呆子,怎么到了这样的地步?"说着便用两只手为他按摩太阳穴。安生感到额头上全是汗水,按摩了几刻工夫,渐渐地恢复体力。而且还感到有股樟脑麝香的奇异香味穿过鼻孔,渗入骨髓。过了一会儿,花姑子小声说:"房里人多,我住在这里不方便,过三天我再来看你。"又从绣花袖子里拿出几个蒸饼放在床头,悄悄地离去了。安生到半夜,汗出过了,想吃东西,摸过饼子就吃。不知饼子里包的什么馅儿,非常香甜可口,就吃完了三个。又用衣服把剩下的蒸饼盖上,迷糊沉睡。天大亮才醒来,感到如释重负。

到了第三天,蒸饼吃完了,精神更加清爽,于是安生把家人都打发出房,又考虑到花姑子来打不开门,进不来,他便偷偷溜出书房,把所有的门闩都打开了。没过多久,花姑子果然来了,笑着说:"呆子,不感谢大夫吗?"安生非常高兴。花姑子又说:"我冒着危险,蒙受羞辱来和你相会,是报答你的大恩。但你和我实在是不能做夫妻,希望你早点另作打算。"安生沉默了很久才问道:"我们素昧平生,我在什么地方和你家有过交情,实在想不起来。"花姑子不语,只说:"你自己想想吧。"安生一再要求永远相好,花姑子说:"你一定要两情长久,明天晚上请到我家去。"安生这才收住悲伤露出喜色,问道:"道路遥远,你这么纤秀的脚,怎么能走回家?"花姑子说:

"我本来就没有回去,东头的聋妈是我的姨,因为你的缘故,我留在她家直到今天,家里人恐怕已生疑心。"安生担心迷路,花姑子约他在路上互相等候。

到了傍晚,安生就骑马跑去,花姑子果然等在路上,一同到原来的房子。老头和老婆婆前来迎接,酒菜没有什么美味佳肴,随便放着一些蔬菜。过了一会儿就请安生安歇。花姑子一点都不照顾安生,安生很有些疑惑。夜已经深了,花姑子才来,对他说:"父亲因为小村子孤单寂寞,所以将要迁移到远方,我和你相好,只有这一个晚上。"

这时,老头忽然闯进来,骂道:"丫头玷污了我清白的家风,叫人羞愧死了!"花姑子大惊失色,匆匆逃走,老头也出了门,边走边骂。安生心惊胆战,无地自容,只得偷偷跑回家。他在家里徘徊了几天,度日如年。于是就趁夜跑去找花姑子。他在山里走来走去,迷迷糊糊不知往什么地方走,非常害怕。正在找回家的路时,见山谷中隐约有房舍,高兴地赶到那里,一看门牌高大雄伟,好像是世族大家,几重门还没有上锁。安生向守门人询问姓章的住在哪里,有个穿黑衣的人出来,问道:"深夜里是谁询问章氏?"安生回答说:"他是我亲戚,我偶然迷失了他居住的地方。"穿黑衣的人说:"你不要打听章氏了。这是她的舅母家,花姑子现在就在这里,容我去告诉她。"他进去一会儿就出来邀请安生。安生刚上台阶,花姑子便快步迎了出来,对穿黑衣的人说:"安郎奔波了半夜,想来已经很疲倦了,让他赶快休息吧。"

安生问:"你舅母家怎么没有其他人?"花姑子说:"舅母

外出,留我代她守家。你我在这里相遇,难道不是早就有缘分吗?"安生觉得她身上有强烈的膻腥味,心里怀疑有诈,急切地想逃走,但身体像被粗大的绳索绑缚,一会儿,就昏过去失去了知觉。

安生夜出未归,家里人四处寻找。有人说傍晚在山间小道上遇到过他,家人入山,果真看见安生光着身子死在高崖下。家人十分惊奇,但没有人知道其中的原因,就把他抬了回去。

大家正围在一起哭,忽见一个女子前来吊唁。她告诉家人说:"停丧七天,不要入殓。"大家不知道她是谁,正想询问,女子已含着眼泪出了门。家人挽留她,她头也不回,转眼她就消失了。大家怀疑她是神仙,于是将信将疑地按她说的做了。

到第七个夜晚,安生忽然苏醒。翻来覆去地呻吟,家人都很害怕。这时,那个女子进来,和安生相对而哭。安生挥手让众人离去。女子拿出一束青草,熬了大约一升汤给安生喝,一会儿就可以说话了。他叹道:"害死我的是你,救活我的也是你。"于是述说了他的遭遇。花姑子说:"这是蛇精冒充我。你从前迷路时所见的灯光就是它家的。"

安生问道:"你怎么能够把死人救活,使白骨长肉呢?莫不是神仙吗?"花姑子说:"我很早就想对你说,但怕你惊吓。你五年以前,不是在华山道上买了被猎获的獐子放了生吗?"安生说:"是,有这么回事。"花姑子说:"它就是我的父亲。以前说你对我们有大恩德,就是这个缘故。你前天已经投生到西村王主政的家。我和父亲到阎王那里告状,阎王不发慈悲。我父亲愿意毁掉多年来修炼的道行代替你去死,哀求了七天,才把事情办好。今天邂逅相逢,是件幸事。你虽然活了,但一定会麻痹瘫痪,把蛇血掺在酒里喝了,病才会痊愈。"

安生恨得咬牙切齿,却又没有办法捉住蛇精。花姑子说:"不难,只是多杀了生命,会影响我百年不能升天。它的洞穴在老崖里,可以在晚饭时堆积茅草焚烧它,外面用强硬的弓箭戒备,可以捉到妖物。"说完,告别说:"我不能够终身侍奉你,实在叫人伤心。但为了你,我修的道行已经损失了十分之七,请你怜悯、原谅我。"说完,她流着泪走了。

过了一个晚上,安生感到腰下部的皮肉全都失去了知觉,抓挠都不知痛痒。安生就把花姑子的话告诉家人。于是,家人将火点燃投进洞穴中。有一条巨大的白蛇冒着火焰冲了出来,家人立即张弓射箭,将它射死了。火熄灭后,家人进入洞穴,发现洞里的蛇大大小小有几百条,都烧得焦臭了。家人回来,把蛇血掺在酒中给安生喝,安生服用了三天,两条腿渐渐能够转动,半年后才能起身下床。

后来,安生独自在山中行走,遇到一个老婆婆。老婆婆交给他一个被包,并说:"我女儿向你问好。"他正想打听花姑子的下落,老婆婆早已不见踪影。他打开被包,里面是个男孩,于是将孩子抱回家,独自抚养这个小孩,一直没有娶亲。

安生独行山中遇见老婆婆

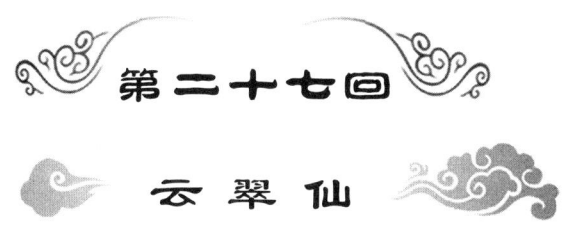

第二十七回

云 翠 仙

梁有才是山西人，流落到济南府，没有妻子也没有田产，靠做小贩为生。有一次，他跟随同村的人去游泰山。春夏之交，泰山的香火很盛，烧香拜佛的人往来不绝。信佛的善男信女，聚集百十多人，男女混杂地跪在神像前祈祷，以烧完一炷香为限度，叫作"跪香"。

梁有才看到跪香的人当中有一个女子，大约十七八岁，长得很美。心里很爱慕她，就也装作香客，跪在女子的身后。过了一会儿，假装两膝困乏无力的样子，故意用手去摸女子的脚。女子很不满，回头瞪了他一眼，跪着走了几步离开他。有才也跪着走了几步跟过去。不一会儿，又去摸女子的脚。女子觉察到了，立刻站起，也不跪香了，出门而去。有才赶紧站起来跟随她。可是出门一看，踪迹全无，不知她往那个方向走了。心里感到非常失望，只好怏怏不乐地往回走。

梁有才正无精打采地走着，忽然瞧见那个女子正跟着一个老太太在前面走，看样子像是娘儿俩，就赶紧跟上去。只听到老太太一边走一边和女子谈话。老太太说："这次你能给碧霞元君娘娘进上香，真是太好了。你又没有兄弟姐妹，娘娘一定会降福于你，保佑你找个称心如意的夫婿。我看只要夫妻间能互相体贴，倒不必选什么富贵人家的子弟。"

有才一听心里高兴，就设法和她们接近攀谈起来。渐渐地熟了，就问老太太贵姓，老太太自称姓云，姑娘名叫翠仙，是她的女儿，家住在山的西边四十里的地方。有才说："山路很难走，老太太走路这么艰难，姑娘身体又如此柔弱，哪能很快到家呀？"老太太说："天已经不早了，我们准备到她舅家去住一宿。"有才又说："刚才你老人家说相女婿，不计较富贵贫贱，我还没有结婚，如果不嫌弃我贫穷卑贱，看我合不合您老人家的心意？"老太太问姑娘，姑娘不言语，又问了多次，翠仙才说："他福分薄，行为放荡，品行不端，作风轻佻，还容易反复无常，我不能嫁给这个浪荡的家伙！"有才赶紧表白自己又朴实又真诚，并且指着太阳连连发誓，讨得老太太欢心，老太太竟答应了这门亲事。

翠仙很不高兴，气得脸色都变了，可是又没有办法。老太太拍着她的后背劝说，翠仙只得勉强同意了。梁有才为了献殷勤，从自己的口袋里拿出些钱雇了两乘小轿，让老太太和翠仙乘坐，自己紧跟在后面，就像一个奴仆。经过山路险要的地方，还告诉轿夫不要颠簸摇晃，真是殷勤极了。

时间不久，来到一个村庄，老太太说到了，便带着有才一同进到舅舅家。舅舅舅母出来相迎，翠仙的母亲近前叫哥哥，叫嫂嫂。行过礼，翠仙的母亲说："有才是我的女婿，今天正好是黄道吉日，也不必另外选日子了，今晚就给他们成亲吧！"舅父一听也非常高兴，就置办了酒菜。饭后把翠仙穿戴得整整齐齐,送进洞房。整理床铺,催促他们休息。翠仙对有才说:"我本来就知道你不够仁义,迫于母命,姑且跟你过吧!你若有人性,就老老实实过日子,也不必担心我的生活。"有才唯唯诺诺地答应了。第二天早晨,老太太对有才说:"你应当先回去,我带着女儿随后就到。"

梁有才回到家里,打扫了房间,老太太果然把翠仙送来了。进了屋内一看,空荡荡的,什么也没有,就说:"像这个样子怎么能过日子,我赶快回去,想法子帮你们解决一下困难。"说完就走了。第二天,就有好多男仆和婢女送来衣服、食品、家具,把整个屋子布置得满满的。收拾完,他们只留下一个丫鬟伺候翠仙,其余的都回去了。从此,有才坐在家里吃穿不愁,再也不用为生计奔波了。

梁有才无所事事,就成天招引街坊里的无赖,聚到一起饮酒赌博。钱输光了,渐渐地就偷翠仙的首饰去做赌资。翠仙多次劝说,他不但不听,而且颇不耐烦。没有办法,翠仙只有像防贼一样严密看守着自己的箱子和首饰匣。

有一天,有个赌友来看望有才,窥见了翠仙,非常惊奇,就戏弄有才说:"你真是大富大贵呀!何必为穷困忧愁呢?"有才问怎么回事。这个人说:"刚才见到你的夫人,真是像天仙一般美丽。这样漂亮的夫人和你的家道太不相称了。如果把她卖给有钱人做妾,可以得到百金;做妓女,可以得到千金。你如果有了千金在手,还愁饮酒、赌博没有钱吗?"有才虽然没有言语,可是心里很赞赏他的主意。从此以后,回到家里就在翠仙面前唉声叹气,总是讲什么穷得日子都过不下去了。翠仙不理他,他就敲桌子、扔筷子,骂婢女,大呼小叫地拿样子给翠仙看。

有天晚上,翠仙准备了酒菜,陪他饮酒,正饮着,翠仙忽然说:"郎君因为家中贫穷天天闹心,我不能解决贫困,为你分忧,心里哪能不惭愧呢? 但是身边又没有多余的东西,只有这个婢女,我看把她卖了吧,还可稍微补贴家里的开支。"有才摇摇头说:"她能值几个钱!"饮了一会儿酒,翠仙又说:"对于自己的丈夫,我有什么事情不能答应呢! 只是办法都想尽了,能有什么出头之日呢? 不如把我卖给富贵人家,对你我都有好处,得到的钱可能比卖婢女要多。"有才故意装作惊愕的样子说:"何至于到这种地步?"翠仙装作严肃认真的样子,一再坚持自己的意见,有才心里高兴可是嘴上却说:"让我们再商量商量吧!"事后,他就托有势力的太监把翠仙卖给宫中做歌妓。太监亲自到有才家里来相看,一见翠仙非常满意,唯恐买不到手,先写了个八百串钱的文书,这件事眼看就要办成了。这时翠仙对有才说:"我母亲因为女婿家穷,经常惦记着我们。现在我们的情义已绝,我准备暂时回娘家去看看母亲,而且你已经把我卖了,哪能不告诉母亲一声呢?"有才怕老太太阻拦,翠仙说:"我自己心里愿意,我保证不会出差错。"有才这才同意和她走一趟。

快到半夜的时候,他们才到达翠仙的娘家。叩门进去,只见楼台房舍都很华丽,仆人婢女往来不断。有才和翠仙结婚一年多,每次想来看看岳母,翠仙都不同意,所以没有来过岳母家一次。看到这种情景,心里很害怕,唯恐翠仙因为娘家富有不肯去当歌妓。翠仙领有才来到楼上，老太太惊疑地问你们夫妻来干什么。翠仙埋怨说："我原来就说他不讲道义，现在看来果然如此。"于是从衣服下边拿出两锭黄金放在桌子上，说："幸而金子没有被这个小人骗去。现在仍然还给母亲了。"老太太惊问怎么回事。翠仙说："他已经把我卖了，所以收藏这金子也没有用了。"老太太于是指着有才大骂道："你这狼心狗肺的家伙，过去你挑着担子沿街叫卖，脸上沾满尘土，像鬼一样丑陋。刚刚接近我的时候，汗腥熏人，身上的泥灰直掉渣儿，手脚的老皮有一寸厚，让人成宿的恶心。自从我到你家，你过上安逸的日子，这层皮才蜕了。母亲在上，我难道是污蔑他吗？"有才低着头，大气不敢出。翠仙又说："我自知没有倾城倾国之貌，不配去侍奉贵人，但像你这样的男子，我认为还是完全能够配得起的。我有什么地方亏待你了？连香火前结盟的情义你都不顾了。我不是不能盖楼房，买良田，是因为我早就看出你这副轻薄的骨头，要饭的长相，终究不能和我白头偕老。"

　　翠仙说到这时，奴仆和丫鬟们纷纷赶来，一层层把有才围在中间，听到翠仙斥责他，便也跟着唾骂，齐声说："不如把他杀了，何必这样跟他废话！"有才吓坏了，赶紧趴在地上叩头，一个劲儿地说自己错了。翠仙又愤恨地说："卖妻子已经够残忍的了，但还不算最坏的。你怎么能忍心把自己的妻子卖给人家当妓女呢？"话还没有说完，仆人和丫鬟们怒气冲天，大伙一齐用簪子、剪刀刺他的肋骨，有才痛得一边号叫，一边乞求饶命。翠仙制止了他们说："暂时把他放了吧，就算他不仁不义，我也不忍心看着他吓得发抖。"于是率仆婢们一齐下楼了。

有才坐在楼上听了一会儿,说话走动的声音都寂静下来,就想偷偷地逃走。忽然抬头一看,只见满天的星斗,东方已经发白,四野苍苍莽莽,接着灯光也全没了。再一看,实际上没有什么房舍,自己正坐在悬崖峭壁上,低头一看,下边的山洞深不见底,害怕极了。可是身子稍微动了一下,只听轰隆一声,山石崩塌,自己也就跟着坠落下去了。悬崖腰上有棵树,他恰巧落在树上,树枝支撑他的肚子,手脚悬在空中。往下看只见白茫茫一片,不知有几千丈。他挂在树上,一动也不敢动,号叫得嗓子都哑了,全身也都肿了,只剩下一口气了。太阳渐渐地升高了,迷雾消散了,他这才被打柴的樵夫看到,樵夫垂下绳子,把他拉到崖上,此时他已经奄奄一息了。

村里人把他抬回家中,到家一看,门敞开着,屋子里破破烂烂的,家具和东西都没了,只剩下破床、旧桌子这些自己原来的东西。有才失意地躺在屋里,饥饿了就向邻居讨点饭吃。不久身上肿胀的地方都溃烂流脓,村里的人都鄙视他。有才没有生活出路,就把房子卖了,住到山洞里,每天在大道旁乞讨。可是,他随身总带着把刀。有人劝他用刀换点吃的,他不肯,说:"我在山洞里住,为了防备虎狼,得随身带把刀子以防万一。"后来,有才在路上遇见了从前劝她卖妻的那个人,就走到跟前,悲伤地同他讲话,趁其不备,突然抽出刀把这个人杀了。于是他被送进监狱。县官了解他杀人的缘由,也没忍心用酷刑来虐待他,只是把他放在监牢中看管着,不久他就病死在狱中。

第二十八回

鸽 异

　　山东邹平有个张公子,特别喜爱鸽子,力求把所有的鸽种都收集到。他养鸽子像爱护婴儿一样:冷了就用中药粉甘草疗养,热了就用盐粒喂食。鸽子喜欢睡觉,但睡得太多会得麻痹症而死。张公子曾经花十两银子在广陵买了一只小而善走的鸽子,把它放在地上,它就不停地转圈儿。为了不让它累死,常常需要有人把它握在手上,夜晚将它放在鸽群里,使它惊扰那些鸽子,可以免除群鸽的麻痹症。这种鸽子叫"夜游"。山东养鸽子的人家没有比得上张公子的,张公子也以善养鸽子而自我夸耀。

　　一天晚上,张公子坐在书斋里,忽然一个陌生的白衣少年敲门而入。张公子问他是谁,他说:"我是流浪汉,姓名哪里值得一提。听说公子养的鸽子最多,希望能给我看一看。我和你一样,平生也爱好鸽子。"于是,张公子向少年展示出他所有的鸽子,真是五色齐备,灿若云锦。少年笑着说:"人们说得果然不假,公子可以说是做尽了养鸽子所能做的事情。我也养了几只鸽子,你是否愿意看一看呢?"张公子大喜,跟着少年去了。

　　一路上月色苍茫,空旷的原野十分荒凉,张公子心里有些疑惑。少年指着前面说:"请快走,离我住的房子不远了。"又走了几步,见一座院子,仅仅两根柱子。少年握着他的手进去,里面黑暗无光。少年站在院子里,口里发出像鸽子一样的鸣叫声。忽然有两只鸽子出来,形状像普通的鸽子,毛色纯白,飞到屋檐那么高,一边鸣叫,一边争斗,每扑一下,就翻一个筋斗。少年用手臂挥了一下,两只鸽子翅膀连着翅膀飞走了。少年又撮口发出异样的声音,又有两只鸽子出来,大的像鸭子,小的只有拳头那么大,它们站在台阶上,学鹤起舞。大鸽伸长脖子站着,张开翅膀做屏风,宛转鸣跳,好像逗引小鸽。小鸽上下飞鸣,有时站在大鸽的头顶上,翅膀翻动,像燕子飘落在蒲叶上。声音轻细,像敲打着小鼓。大鸽伸长脖子不敢动,但鸣叫更加急迫,声音变得像击磬。两种叫声相和,听起来挺合节拍。然后小鸽飞起来,大鸽又反复逗引它。

　　张公子看到这些鸽子的表演赞叹不已,于是,他向少年作了个揖,乞求他割爱分给自己一只。少年不答应,张公子一再乞求,少年便将这两只鸽子呵斥走了,仍然发出先前那样的鸽声,招来两只白鸽。他用手托着,说道:"如果你不嫌弃,就把它们送给你吧。"

　　张公子接过来欣赏,只见它们的眼睛在月光的映照下呈现琥珀色,通体透亮,好像没有隔阂。中间的黑眼珠比胡椒粒子还圆,打开它们的翅膀,肋下的肉晶莹闪光,甚至连脏腑都清晰可数。张公子很惊奇,但心意还没满足,继续不停地哀求。少年说:"我还有两种鸽子没有拿出来,现在不敢再请你看了。"两人正在谈论,张公子的家人点着火把来找主人。张公子回头看少年时,他已经变成了白鸽,像鸡那么大,冲着云霄飞去,眼前的院子也立即消失了,原来这哪里是什么院子,只是一座小坟墓。坟前种着两棵柏树。张公子抱着两只白鸽,惊叹而归。

回家后,张公子想让鸽子飞舞,两只白鸽像当初一样驯服。虽然它们不是少年最好的鸽子,却是人间少有的。自然,张公子对这两只鸽子倍加珍爱。过了两年,这两只鸽子生育了三只母鸽、三只公鸽。张公子高兴极了,精心照料它们,谁要也不舍得给。

张公子的父亲有个朋友是位高官,一天,他见到张公子,问道:"你养了多少鸽子?"张公子应付了几句便借机退了下来,猜疑那位高官是喜欢鸽子,而自己又很难割爱。又一想,长辈的要求,不能违背。既然要送,便不能用一般鸽子应付,于是选了两只白鸽,用鸽笼装着送给他,自以为比赠送千金还要珍贵。

过了几天,他又见到那位高官,原以为那位高官会说几句感谢的话,没料到那位高官一句感谢的话也没有。张公子忍不住问道:"前些日子送给您的鸽子好吗?"那高官回答:"肉很肥,滋味也不错。"张公子吃惊地问:"您烧着吃了啊?"他说:"是的。"张公子大惊,说:"这不是一般的鸽子,而是世人所说的'靼鞑'啊!"那高官回答道:"但味道和一般的鸽子并没有什么不同的地方啊。"张公子哀叹、怅然地回到家里。

　　到了晚上，他梦见白衣少年来了，责怪说："我以为你爱鸽，所以就把子孙托付给你。你竟然明珠暗投，致使我的子孙在锅里丧命了！如今，我带着孩子们走了。"说完，少年变成了鸽子，张公子所养的白鸽都跟随他，鸣叫着飞走了。

　　张公子天亮起来一看，白鸽真的都飞走了。他心里懊丧极了，一气之下就把所喂养的鸽子分别赠送给知心朋友，几天就送完了。

第二十九回

刘 姓

从前，临淄有个姓刘的，为人很凶，简直就像一只戴着帽子的老虎，动不动就把别人的东西据为己有。后来他离开临淄迁居到沂县，恶习仍不改，同乡的人对他又怕又恨。他有几亩田，与苗某的土地紧挨着。苗某十分勤劳，在自家的田边种了不少的桃树。桃树初次结果，苗家小孩上树摘桃，刘某大怒赶走了小孩，说什么桃树是他的。小孩哭着告诉了父亲，苗某正感诧异，刘某却已骂上门来了，并且扬言要打官司。苗某笑着安慰他，他还怒气不消，气冲冲地走了。

当时，有一临淄老乡李翠石在沂县作当铺商人，刘某拿着状纸进城，恰好与他碰上了。因为是同乡，所以很熟，李便问他干什么。刘某把要打官司的事说了。李翠石笑道："您的名声大家都知道，我早就听说苗某非常善良和顺，怎敢强占骗取你的桃树？莫非是你把话反着说吧！"于是把刘某的状纸扯碎了，拉他进店，要给他们调解。刘某愤恨不已，偷来店中的笔，又写了一张状纸藏在口袋里，下定决心非告状不可。

不一会儿，苗某也来了，他详细叙述了事情的前因后果，并请李翠石帮他调解。苗某说："我是个种田人，半辈子也没见过官。只要不打官司,损失几株桃树也就罢了。"李翠石把刘某喊了出来,告诉他苗某愿意退让。刘某又指天画地大骂不休。苗某只顾低声下气说好话,不敢稍加辩驳。事后,隔了四五天,刘某的同村人对李翠石说,刘某已经死了,李翠石惊叹不已。

过了些日子,李翠石在另一个地方,见一个人拄着拐杖蹒跚而行,仔细一看,居然是刘某。刘某热情问好,而且请李翠石到家中做客。李翠石吞吞吐吐地问:"前些日子突然听到您的凶信,怎么会这么荒唐?"刘某不回答,只是拉着李翠石进了村子,到他家后就摆酒款待,然后才说:"前些日子的传言并不是假的。那天,我刚出门就见两个人朝我走过来,捉我去见官。问他们什么事,他们只说不知道。我想自己出入衙门几十年了,并不怕见官,于是,就跟他们来到公堂。到了公堂,只见朝南坐着的官怒容满面,问道:'你是姓刘吗?你恶贯满盈,不思悔改,又把别人的东西占为己有。这样凶横残暴,该下油锅!'另一个人查看生死簿说:'这个人做过一件好事,可以不死。'朝南而坐的官员查看着簿子,面色稍转平和,就说:'暂时送他回去吧!'于是几十个人大声撵我走。我说:'你们到底因为什么事把我抓来,又因为什么事送我回去?还请明白告诉我。'一个小官吏拿着簿子走下来,指出其中一条给我看,上面记着:崇祯十三年,用三百个钱救了一对夫妇,让他们团聚。小官吏说:'若不是有这条善行,你今天就该一命归阴,而且还要受罚转世为牲口。'我吓坏了,跟着两个解差跑出衙门。两个解差向我索取贿赂,我恼怒地对他们说：'你们难道不知我刘某出入衙门二十年，是个专门敲诈别人财物的人吗？怎么竟来向老虎讨肉吃呢！'两个解差不再吱声了，送到村口，朝我拱拱手说：'这趟差事可是水也没喝上一口呀！'两人走后，我刚进门就苏醒了，这时我已气绝两天了。"

李翠石听了感到很惊讶，便盘问那件善事的始末。原来，崇祯十三年时，山东一带遭了大灾，人们互相残食。刘某当时在临淄县衙门里当班头。有一天，他偶然看见一男一女哭得很伤心，便上前问情况。他们回答说："结婚才一年多，今年闹饥荒，夫妻不能两全，因而伤心。"过了一会儿，又在油坊门口碰见他们，好像在争论什么。刘某近前一问，油坊老板说："他们夫妇饿得快要死了，每天向我讨麻酱活命，今天又要把老婆卖给我。天下哪有这样可笑的事，死活缠人卖老婆！"男子接着说："眼下粮食贵如金，我估计没有三百个钱，不够一路逃荒的费用。这样做本来是希望两人都能活下来，如果卖了妻子还是免不了饿死，那又图什么呢？不是我与你讨价还价，只求你行行好积个阴德吧。"刘某很可怜他们，便对男子说："这个老板卑鄙得很，不值得求他，我赠送你们三百个钱，但愿你们既能逃荒，夫妇又不用拆散。"于是打开口袋当场拿出三百个钱给了他们。夫妻二人哭泣着拜谢而去。听刘某述说这件事，李翠石大加赞叹。

过了几年，李翠石到沂县去，碰见刘某又在与人争吵，大家围着解劝都不听。李翠石笑着喊道："你又想打桃树官司吗？"刘某顿时语塞，脸色也和缓下来，不好意思地离开了。

第三十回

小　翠

　　王御史是浙江人。他在幼年的时候，有一次白天躺在床上，忽然天阴得黑洞洞的，炸雷轰轰隆隆响着，一个比猫大一点的东西，跑进来，趴在床底下，转转磨磨不肯离开。过了一会儿，天晴了。这东西才从床底下出来。他一看，不是猫，这才感到有些害怕，急忙招呼隔壁的哥哥。哥哥过来听了这件事后，高兴地说："弟弟将来必定大富大贵，这是狐狸来躲避雷击的劫难啊。"后来，他果然年纪轻轻就考上了进士，当了县令，又升为御史。

　　王御史有个儿子，名叫元丰，是个傻子，十六岁了还分不出雌雄，所以乡亲们都不愿意跟王家结亲。王御史很犯愁。一天，正好一个妇人领个少女来到王家，主动要同王家结亲。王御史一看这个姑娘，她笑盈盈的，像仙女一样美丽，便高兴地问这个妇人姓什么。妇人回答说："姓虞，这个女儿叫小翠，十六岁了。"王御史与这个妇人商议给多少聘礼。妇人说："这孩子跟着我吃糠都不得饱，一旦到了您家住高楼大宅，使唤奴仆丫鬟，吃着山珍海味，她心满意足了，我也放心了。哪里能像卖菜一样讲价钱呢！"王夫人十分高兴，忙吩咐仆人好好款待这母女二人。妇人让小翠拜见王御史和夫人，说："这是你的公公婆婆，你要小心地伺候他们。我太忙了，这就走，三四天后再来看你。"王御史命仆人备马送她，妇人说："家离这儿不远，不用麻烦了。"于是出门走了。

小翠看见母亲走了，一点儿也不悲伤留恋，就在梳妆匣中翻出绣花的样子，摆弄着。王夫人也挺喜欢她。一晃儿几天过去了，妇人也没来。问小翠家住哪里，她傻呵呵地说不出怎么走。于是就把另外一座院落收拾一下，让元丰和小翠成了亲。亲戚们听说他家拣了穷人家的闺女当儿媳妇，都笑话他家。但等一见到小翠，无不惊叹她的美貌，七嘴八舌的非议才停息了。

小翠很聪明，能看出公婆的喜怒。王御史夫妇爱怜儿媳超出了常情，可是心里唯恐她嫌弃儿子痴呆。然而小翠却乐呵呵的，一点也不厌烦。只是喜欢逗乐取笑，用布做成个球，踢来踢去做游戏。小翠穿一双小鞋，一脚把布球踢出好几十步，逗弄元丰来回跑着捡球，常常累得元丰和丫鬟们汗流满面。

有一天，王御史偶然来到儿子住的院落，突然一个圆不溜丢的东西飞来，啪的一下正打在他的脸上。小翠和丫鬟们一哄而散，傻元丰还照样连蹦带跳地追那个球。王御史勃然大怒，捡起块石头向儿子丢去，元丰这才吓得蹲在地上哭了起来。王御史回来把这件事告诉夫人，夫人去训斥儿媳妇。小翠低着头，微微低笑着，用手抠着床，一言不发。夫人走后，小翠照样蹦蹦跶跶，用胭脂粉把元丰涂了个大花脸，像鬼似的。王夫人一见,气坏了,把小翠叫来大骂了一通。小翠靠着茶几,手摆弄着衣带,不害怕也不说话。王夫人没办法,就拿棍子去打儿子。元丰连哭带嚎,小翠这才变了脸色,跪下求饶。王夫人怒气顿时消了,放下棍子走了。小翠笑嘻嘻地拉着元丰的手进了屋,替他拍去身上的尘土,又给他擦眼泪,揉棍子打疼的地方,还拿出枣和栗子哄他吃。元丰这才破涕为笑。小翠关上院门,又把元丰打扮成霸王或胡人的模样,自己则穿上鲜艳的衣服,把腰勒得细细的,在帐下翩翩起舞;或者发髻上插上野鸡翎毛,弹着琵琶叮咚作响,满屋笑语喧哗,习以为常。王御史因为儿子傻,也不忍心怪儿媳,就任他们玩闹。

在王御史家的胡同里,隔着十几家还住着一个姓王的,官职是给事中。王御史与王给事中两人平素不和。在三年一次大考核官吏时,王给事中妒忌王御史掌管河南一带的监察大权,想整一下王御史。王御史知道了王给事中的阴谋,心中忧虑,可又想不出对策。

一天傍晚,王御史早早睡下了。小翠穿上官服,打扮成宰相的样子,剪了些白丝装作胡须,又让两个丫鬟穿上黑衣服装扮成随从军官,偷偷地从马棚中牵出马来骑上,开着玩笑说:"这就去拜访王大人。"马跑到王给事中大门口,小翠一边用马鞭子抽打随从,一边大声说:"我要拜访的是王御史大人,哪里是拜访王给事中大人呀!"掉转马头就回家了。等到家门口,看门的误以为是真的宰相来了,连忙跑着去报告王御史。王御史急忙从床上爬起来,出门来迎接,一看才知道是儿媳妇闹着玩的。王御史气坏了,对夫人说:"有人正在找我的毛病,咱们反倒把闺房里的丑事送上门去告诉人家,我的祸事不远了!"夫人特别生气,跑到儿媳妇房中把小翠骂了一顿。小翠只是傻笑,一句话也不分辩。王御史夫妇也拿小翠没办法,夫妻俩懊恼得一宿没有睡好觉。

当时那位宰相正是最有权威、最显赫的时候,他的外表、服饰与随从人等同小翠伪装的不差分毫。王给事中也以为是真的了。王给事中三番五次派人到王御史门口查看,时至半夜,王御史的客人还没有走。于是怀疑宰相与王御史在暗中策划什么。第二天上朝时,王给事中见到王御史就问:"昨夜宰相到您府上去了吗?"王御史以为他是故意讽刺,不好意思地哼哈答应了两声。王给事中更加信以为真,于是就打消了整王御史的念头,并且还主动与王御史交往。王御史探听到王给事中所以如此的原委,暗暗高兴,背地里嘱咐夫人劝儿媳别像以前那样了。小翠听后,笑着答应了。

过了一年,宰相罢官了。恰巧他有一封私人信件给王御史,可送信的人弄错了,送给了王给事中。王给事中高兴万分,想借此敲诈一下王御史。他先托一个跟王御史有交情的人去跟王御史借一万两银子,王御史没有答应。接着,王给事中又亲自出马到王御史家里去。王御史连忙找帽子、外衣,可是什么都找不到了。王给事中等了好长时间,不见王御史出来,以为是怠慢他,很生气,甩袖子刚要走,忽然看见王御史的儿子穿着龙袍、戴着皇冠,被一个女人从门内推了出来。王给事中吓了一大跳,稍停了一会儿,他笑着抚摸元丰,替他摘下皇冠,脱掉龙袍,并拿着这些衣冠离开了王御史家。王御史急急忙忙走出来的时候,王给事中已经走远了。看见儿子,问明白了来龙去脉,吓得王御史面色如土,大声哭道:"你真是祸水呀!眼看着我们全家都得被砍头啦!"王御史同夫人气急眼了,要用斧子劈门,小翠在里面笑着说:"公公婆婆不要发火,有儿媳妇在,刀砍斧剁儿媳妇承担,肯定不会连累公婆的,公公现在这个样子,是想杀死儿媳妇灭口吗?"王御史听了这话才住了手。

王给事中回家后,果然给皇帝上了一本奏章,揭发王御史阴谋造反,并说有龙袍皇冠作为证据。皇帝很吃惊,连忙查验证据。一看,皇冠乃是高粱秸做的,龙袍原来是一件破黄包袱皮。皇帝看后,很生气,认为王给事中诬告。又把元丰叫来,看他那傻乎乎的样子真好笑,皇帝笑着说:"这样货色能做天子吗?"于是命令法官治王给事中的罪。王给事中又告发王御史家里有妖人,法官严厉讯问王御史的仆人们,都说没有,只有一个疯媳妇和一个傻儿子,成天闹着玩。邻居们也没有说什么。于是案子才定下来,判王给事中充军云南。王御史自此才感到小翠不是凡人,让夫人去盘问小翠,小翠只是捂着嘴笑,说:"孩儿是玉皇大帝的女儿,婆母不知道吗?"

不久,王御史升到部里当官,五十多岁了,时常因为没有子孙而发愁。小翠结婚三年,夜夜与元丰不在一起睡,好像两人没有发生过关系。夫人抬走一张床,告诉元丰与小翠一起睡。过了几天,元丰追问母亲:"把床借走了,怎么硬是不送回来！小翠天天夜里把腿放在我的肚子上，压得我喘不过气来。她还总掐我的大腿。"仆人丫鬟听了无不大笑。夫人拍着桌子把儿子呵斥走了。

有一天，小翠在屋里洗澡，元丰看见了，要同她一起洗。小翠笑着制止他，并让他先等一等。小翠洗完澡，把大瓮灌上热水，把元丰的衣裳裤子脱掉，同一个丫鬟扶着他进入瓮里。元丰觉得又闷又热，大声叫着要出来。小翠不听，用被子把瓮蒙上。不一会儿，元丰没有声了，再掀开被子一看，已经死了。小翠却坦然地笑着，一点也不害怕。她把元丰拖到床上擦干身上的水，又用好几层被盖上了。夫人听到后，哭着进屋，骂道："疯丫头，怎么敢杀我的儿子！"小翠微微一笑说："这样的傻儿子，倒不如没有算了。"夫人更生气了，用头撞小翠。丫鬟们争着上前拽住，劝解。正在乱吵吵的时候，一个丫鬟报告说："公子哼哼了！"夫人收住眼泪抚摸儿子，只见他深深呼吸，浑身大汗淋漓，被褥全都湿了。过了一顿饭的工夫，元丰身上的汗才干，忽然睁开眼睛往四下看看，挨个看家里的人，好像不认识一般，说："我现在回忆过去就像做梦，怎么回事呀？"夫人听儿子这话不像傻话，特别惊奇，带着元丰去参见父亲，试验几次，儿子果然不傻了。欢喜异常，如获至宝。到了晚上，把床又送到儿子房中原来的地方，另外还铺好了被褥，暗中观察。元丰进屋后，把丫鬟全打发走了，早晨悄悄一看，那张床空空地放在那里。从此以后，儿子儿媳妇再也不疯疯癫癫的了，小两口感情特别好，形影不离。

一年多过去了。王御史被王给事中的同党弹劾丢了官，还有一些瓜葛没有解脱。家里有一只以前广西中丞送的玉瓶，价值数千两银子，准备用它去贿赂当权的大官。小翠很喜欢这个玉瓶，正捧在手中欣赏，没想到失手将玉瓶掉在地上摔碎了。小翠很惭愧，主动告诉了公婆。王御史夫妇正因为丢了官，心中老大不快。听后，更生气了。两人你一句我一句地把小翠斥骂了一番。小翠一猛劲掉头出了屋子，对元丰说："我在你家，给你们保全的何止一个瓶子！为什么就不给我稍稍留点面子？实话对你说吧，我不是人，因为母亲当年遭到雷击，幸亏得到你父亲的保护；又因为咱俩有五年的缘分，所以我才来报恩还愿。我在你家挨的骂，多得比我头上的头发还要多。我所以不立即离开，是因为五年的恩爱未满。现在这样，实在不能再待下去了。"小翠赌气出门，家人追出去已经不见了踪影。

王御史心里空落落的，追悔莫及。元丰回到屋里，看见小翠用过的粉盒、穿过的鞋，哭得要死，觉也睡不好，饭也不爱吃，一天一天消瘦下去。王御史十分忧愁，急急忙忙张罗为儿子续娶一门亲事以解烦忧，可是元丰不愿意，一直是闷闷不乐。后来请来一位好画匠，画了小翠的画像，元丰在画像前日夜祷告，几乎快两年了。

有一天，元丰从外面回来，骑马经过自己家村外的花园时，听到墙里有笑语声，便勒住马。当时，皓月当空，明亮如昼。元丰让仆人牵住缰绳，自己站到马鞍子上往里面看。只见两个少女在里边玩。一会儿，明月被云彩遮住，朦胧中看不太清楚。只听一个穿绿衣服的女孩说:"你这个丫头片子应当轰出去。"另一个穿红衣服的女孩说:"你在我们家的花园里,你反倒要撵我呀?"绿衣女子说:"丫头片子也不知道害臊,没当好媳妇,被人家撵了出来,还想冒认人家的产业吗?"红衣女子说:"怎么也比那老大不小的还没找主儿的强呀!"元丰听那红衣女子的口气特别像小翠,连忙招呼她。绿衣女子边走边说:"暂时不跟你斗嘴,你家的汉子来了。"不一会儿,红衣女子走了过来,果然是小翠!元丰喜出望外,小翠让他登上墙头,并用手接他下到地上。小翠说:"两年不见,你竟瘦成一把骨头了。"元丰握住小翠的手,流下眼泪,哭诉相思之苦。小翠说:"我也知道,但是没有脸再见家人。今天和大姐玩,咱们又碰上了,足以证明咱们以前的因缘是逃脱不了的。"元丰让她回家,小翠不答应。元丰要在园子中住下,小翠同意了。元丰打发仆人跑回去禀告母亲。老太太一听,慌忙坐上一顶小轿到花园来。见了小翠,眼泪就流下来了,一个劲儿地赔不是,几乎无地自容了。王夫人说:"孩儿呀,你若是心里不记着以前那些事儿,求你一块儿回家吧,对我的晚年也是个安慰呀!"小翠说什么也不回去。王夫人顾虑空荡荡的园子太冷清了,打算多派些仆人来侍候他们。小翠说:"那些人我都不愿意见,唯独那两个丫鬟早晚侍候我,我不能忘记她们。另外,只要一个老头看门,其他的一律不要。"王夫人照她的话办了。对外人只说元丰在花园里养病,每天给他送些吃喝的东西。

小翠经常劝元丰另娶一个媳妇,元丰坚决不干。以后过了一年多，小翠的面容和声音渐渐与以前两样了。拿出当年画像一对照，简直判若两人。元丰很奇怪。小翠说："看看我今天赶得上往年漂亮吗？"元丰说："今天美倒是美，不过比以前好像不如。"小翠说："我想大概我是老了。"元丰说："才二十多岁，怎么老得这么快呀？"小翠笑着把画像烧了，元丰来抢时已经烧成了灰。

有一天，小翠对元丰说："以前在家时，你爹爹老说我像至死不能作茧的蚕一样不能生育。现在老人们岁数大了，就你一个儿子，我又实在不能生育，真担心你断了后。请你在家中娶个媳妇，早早晚晚地伺候公婆，你可以家中园子两处住，也没有什么不方便的。"元丰听从她的话，往钟翰林家求好了亲。办喜事的日子就要到了，小翠为新媳妇缝衣做鞋，送到婆婆手里。

等到新媳妇过了门，相貌、言谈、举止同小翠分毫不差。元丰十分诧异。到花园去看，小翠却不知去向了。问丫鬟，丫鬟拿出一块红手绢，说："夫人回娘家去了，留下这个给公子。"打开手绢，里面有玉玦一块，元丰心里明白了这是诀别的意思。小翠再也不会回来了。于是带领丫鬟回家了。元丰虽然一时一刻也忘不了小翠，所幸看到新媳妇就如同看到了小翠一般。至此，才明白小翠早就料到自己会与钟家姑娘结婚，所以她先变成钟家姑娘的模样，以此来慰藉日后离别的相思呀！

元丰与小翠玩球的游戏场景

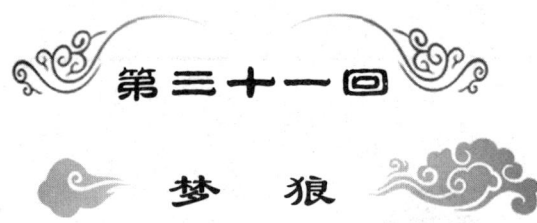

第三十一回
梦　狼

　　河北有个姓白的老头，他的大儿子白某在南方当县令，已经三年没有消息。有一天，有个姓丁的远亲来拜望白老汉，白老汉热情地款待了他。丁某会一点巫术，闲谈之间，白老汉询问阴曹地府里的事，丁某说得神乎其神，奇幻异常，白老汉一笑了之。

　　丁某离开后没过几天，一次，白老汉正在睡觉，梦见丁某又来了，邀他一道出去玩。白老汉身不由己地跟他去了。他俩看见一座城，丁某指着城门说："这是您外甥家。"当时，白老汉姐姐有个儿子在山西做县令，他惊讶地说："我外甥怎么会在这里呢？"丁某却说："你要是不信，进去看看就知道了。"白老汉走进门，果然见到了他的外甥，头戴貂皮帽，身穿绣花官服，坐在大堂上，握着矛戟、打着旗幡的卫士分列两旁，白老汉想去见外甥，但没人可以给他通报。丁某一把将他拉出来，对他说："你公子的衙门离这儿也不远，想见他吗？"

　　不一会儿，他俩来到了官衙，丁某说："进去吧！"白老汉走进大门，见一条大狼挡在路中间，吓得不敢走了。丁某又说："进去吧！"又进了一道门，只见堂上、堂下，坐着的、躺着的,都是狼。看台阶上,白骨堆积如山。白老汉见此情景,吓得浑身哆嗦。丁某便用自己的身体挡护着白老汉走进去。白老汉的儿子正好从屋里出来,看见父亲和丁某非常高兴,稍稍坐了一会儿,便叫仆人去办筵席。

忽然一条大狼衔着一个死人进来,白老汉战战兢兢地站起来说:"这是干什么呀?"白某说:"对付着做几样菜吧。"老汉急忙制止他,心里惶惶不安,想离开,却又被狼群拦住了道。正当进退两难时,忽然见群狼乱纷地嗥叫奔逃,有的钻到床底下,有的趴在桌底下,白老汉惊呆了。一会儿有两个身披金甲的猛士瞪着眼睛跑进来,拿出一条乌亮的铁索把白某绑起来。白某忽地变成猛虎,牙齿又尖又长。一个金甲猛士拔出利剑要砍掉虎头,另一个说:"且慢!且慢!这是明年四月的事,不如先把虎牙敲掉。"便拿出大锤猛敲虎牙,虎牙一颗颗掉在地上,老虎痛得大吼大叫,声音震得地动山摇。白老汉这回吓得魂飞魄散,汗如雨下。

突然,白老汉惊醒了,才知这是一场梦。老汉心里觉得怪异,便叫人去请丁某,丁某推辞不肯来。老汉写下这个梦,叫二儿子送到哥哥那里去,信中反复告诫儿子要老老实实做人。老二到了老大衙门里,见哥哥门牙都脱光了,惊问他是怎么回事,老大说是酒醉落马摔掉的,老二询问摔伤的时间,老大说是某月某日,老二一听,正好是父亲做梦那天,更加惊奇。

于是,老二便把白老汉的信交给哥哥白某。白某读完后神色大变,过了一会儿说:"这不过是巧合而已,不足为奇。"

当时，白某因刚向上司行了重贿，被推荐重用，所以并不在意这个梦。弟弟看见白某手下满堂贪赃枉法之徒，行贿的，走后门的日夜不绝，便流着泪苦劝白某不要这样做，白某却说："你成天住在乡下破草房里，所以不知道官场的诀窍。升降之权，在上司而不在百姓，上司喜欢就是好官。"弟弟知道没办法阻止他，便回家告诉父亲。白老汉听说以后大哭了一场。没有办法，只有用尽家财去救济贫民，天天向神灵祈祷，只求老天对逆子的报应，不要连累妻子儿女。

过了几天，听说白某被推荐为吏部主事，贺喜的宾客满门，白老汉却更加伤心，称病卧床不出来。不久，听说白某在回京的路上遭遇强盗，主仆都丢了命。白老汉才起床，对人说："鬼神之怒，只报应了他本人，而保佑我们全家的恩德不能说不厚啊。"因而焚香拜谢上天。

来安慰白老汉的人，都说这是道听途说，只有白老汉深信不疑，并定下日子为大儿子准备丧事。但白某却没真死。原来，他遭遇强盗时，试图拿出全部金银财宝以保全性命，强盗对他说："我们要给百姓报仇雪恨，难道只是为了几个臭钱吗？"说完便把他的头砍下来了。强盗又问白某的奴仆："有个叫司大成的是哪一个？"原来司大成是白某的一个心腹，助纣为虐，干了不少坏事，众人一起把他指出来，强盗把司大成也杀了。还有四个贪心的衙役，是替白某搜刮民财的帮手，这回准备带到京城去的，也被揪出来杀了。强盗们这才分了钱财，然后飞驰而去。

白某的魂魄伏在路旁，过了不久，正巧另一个县令从这里路过。那县令看到白某尸首,便问:"被杀的人是谁?"在前面开路的随从说:"他是白县令。"那县令说:"他是白老汉的儿子,不要让老汉看到这么凶残的样子,还是替他把头接上吧。"于是,就有个人一边把白某的脑袋接到颈上,一边说:"坏人的脑袋不应该正着接,以肩膀对着下巴算了吧。"接完白某的脑袋,他们就走了。

　　过了一会儿,白某竟慢慢苏醒过来了。他的妻子去给他收尸时,见他还有一口气,便把他放在车上,拉回家,慢慢地给他灌些汤水,他也可以吞下去。他们都寄住在旅店里,没有路费回家。半年多以后,白老汉才得到白某的确切消息,于是,连忙派二儿子去把白某接回来。白某虽死而复生,但眼睛只能够看到自己的背,歪着脖子,不再像个人了。白老汉的外甥因有政绩声望,这一年被提拔为御史,所发生的事全都应了白老汉所做的梦。

第三十二回

莲花公主

　　山东胶州的窦旭,白天睡觉时,看见一个穿着褐色衣服的人站在他床前,惶恐不安地看着他,好像想说什么。窦旭问他有什么事,他回答说:"我家相公想请你去一趟。"窦旭问:"你家相公是谁?"他答道:"就在附近。"窦旭不便再问,便跟着他出了门。转过墙角,他被引导到一个地方,这里叠阁重楼,万椽相接,万户千门,错落有致,和人世完全不同。只见宫人女官来来往往,都向褐衣人问道:"窦郎来了吗?"褐衣人说来了。一会儿,窦旭见一个官员出来,十分恭敬地欢迎他。登上殿堂后,窦旭说道:"平常没有往来,所以没来拜见,而今承蒙热情接待,很使我不安。"官员说:"因为你出身清高,世代德厚,我家君王倾心仰慕,很想和你面谈。"窦旭更加惊奇,问道:"君王是谁?"官员回答:"过一会儿你就会知道了。"

　　没多久,两位女官员来了,她们用两面羽毛装饰的旗子为窦旭带路。进了两道门,看见大殿上坐着一位君王。那君王见窦旭进来,忙下台阶迎接,两人按宾主施礼,然后在筵席前落座。筵席很丰盛,窦旭仰望殿上的一幅匾额上写着"桂府"。窦旭局促不安,连话都说不出来。君王说:"你我既然是邻居,缘分很深厚,应当开怀畅饮,不必疑惑。"窦旭连连答应。酒过数巡,殿内响起悦耳的丝竹之声,幽雅纤细。

过了一会儿,君王忽然左右看了看说:"我有一副对联,上联是'才人登桂府',麻烦你对出下联。"四座的人正在思考,窦旭随声答道:"君子爱莲花。"君王大喜,说道:"奇啊!莲花是公主的小名,怎么这样巧合?难道早有缘分?传话给公主,出来拜见君子。"

不大一会儿,公主到了。公主才十六七岁,美妙无双。君王命公主向窦旭施礼,并说:"这就是小女莲花。"公主拜完就走了,窦旭一看见她,便爱慕不已,呆坐沉思。君王举起酒杯劝他喝酒,窦旭竟然像没有听到一样。君王好像略略看出他的心思,就说:"我的女儿和你还般配,但自惭不是同类,怎么办呢?"窦旭像痴呆了一样,又没有听到君王的话。邻座踩了踩他的脚说:"君王向你敬酒你没看见,君王对你说的话也没听见吗?"窦旭茫然若有所失,很惭愧,离开筵席说:"承蒙您热情接待,不觉喝醉了,失礼的地方,希望您能够原谅。天色已晚,君王繁忙,我这就告辞了。"君王站起来说道:"见到你,我心里十分高兴,你怎么这样仓促地告辞呢?你既然不肯留下,我也不勉强你,如果你还想来,我再邀请你。"于是,君王命令内官引着他出去。半道上,内官对窦旭说:"刚才君王说你和他的女儿还般配,你为何一言不发呢?"窦旭跺着脚后悔不迭,不觉已经回到家。这时,窦旭忽然醒来,发现太阳已经西沉。他默坐玄想,刚才梦中的情形历历在目。晚饭后,他吹灭蜡烛,希望重寻旧梦,但梦境已逝,回去显然不可能,只有悔恨感叹。

一天晚上,他在睡梦中,忽然看见先前那个内官过来,告诉他,君王邀请他去做客。窦旭高兴地跟他去了。他见了君王就伏在地上叩拜。君王把他拉起来,请他坐下,说道:"我想把小女嫁给你,想你不会太嫌弃吧。"窦旭马上拜谢。君王命令学士大臣陪同宴饮。酒喝得兴起,宫人上前报告:"公主梳妆完毕。"一会儿见几十名宫女簇拥着公主出来,公主用红色锦缎盖着头,迈着轻盈的小步。在众人的欢笑声中,公主与窦旭交拜成亲。窦旭对公主说:"有你在我眼前,真使人乐而忘死。只怕今天的情景只是一场梦。"公主掩着口说:"明明是我和你,哪里是梦呢?"

第二天清晨一起来,窦旭为公主涂脂搽粉,然后又用带子量公主的腰,用手指量公主的脚。公主笑着问他:"你疯了吗?"窦旭说:"我总是被梦调戏,所以仔细地记下来,如果是梦,也足以思念。"两人正在调笑,一个宫女跑进来说:"不好了,妖怪闯入宫门,君王在偏殿里躲避,凶祸快降临了。"窦旭赶紧去见君王,君王拉着他的手流着泪说:"蒙你不弃,本想永远相好,哪里料到祸从天降,国家将要覆灭,还有什么办法呢?"窦旭吃惊地问怎么回事,君王把桌上的一份奏章递给窦旭看。

奏章上写着:"因为出现了不寻常的妖怪,祈请早日迁都,以保存国脉。据宫中守卫报告,从五月初六开始,来了条长千丈的巨蟒,盘踞宫外,吞食内外臣民一万三千八百多人,巨蟒所经过的宫殿全成为废墟。我奋勇前去侦察,确实看见妖蟒,头像山峰,目如江海,抬起头来就能把宫殿楼阁一起吞下,伸伸腰则楼阁垣墙全部倒塌。真是千古未见的凶神,万代未遇的灾祸!国家宗庙,危在旦夕!恳请皇上早日率领宫中眷属,迅速迁往乐土。"

窦旭看完,面如灰土。随即有宫人跑来报告:"妖物来了。"满殿哀呼,天昏地暗。君王慌乱中不知道干什么,只是流着泪看着窦旭说:"小女已连累先生。"

窦旭喘着气跑回房中,公主正和左右的人抱头痛哭,见窦旭进来,牵着他的衣裳说:"你怎样安置我呢?"窦旭悲痛欲绝,于是握着公主的手腕沉思道:"我贫穷卑贱,惭愧没有金屋,只有几间草房,暂且和我一起到那里躲起来行吗?"公主含着泪说:"危急的时候怎么能够选择?请你快带我去!"

窦旭就挽着公主出来,不一会儿就到了家。公主说:"这是很安全的住宅,比我家强多了。但我跟随你来了,我的父母怎么办呢?请你另外修建一座房子,父母将率领国民到这里居住。"窦旭感到为难,公主号啕大哭说:"不能急人之急,要你这个丈夫干什么?"窦旭安慰劝解一番,公主仍伏在床上痛哭,无法劝阻。窦旭焦虑又没有办法,忽然惊醒,才知道这是一个梦。但耳边嘤嘤的啼哭声还没有停止。他仔细一听,不是人的声音,而是三只蜂子,在他枕头上飞鸣。

窦旭大叫怪事,惊醒了同室的朋友,朋友问他出了什么事,窦旭便把自己做的梦告诉他,朋友也感到惊奇。两人一同起来看蜂子,只见蜂子依恋在他的衣服上,拂它也不离开。朋友劝他为蜂子建巢,结果蜂巢顶还没盖好,蜂子已经聚满了蜂巢。窦旭发现蜂子原来是从邻居老头的旧菜园中飞出的。菜园里有一座蜂房,三十多年了,蜂子繁殖很多。

有人把窦旭的事告诉老头,老头一看,蜂房静悄悄的。拆开蜂房,原来有条长约一丈的蛇盘踞其中,老头把蛇捉住杀了。窦旭也了解到"巨蟒"就是这条蛇。蜂子到窦旭家后,繁殖更旺盛,并没有出现其他的异常现象。

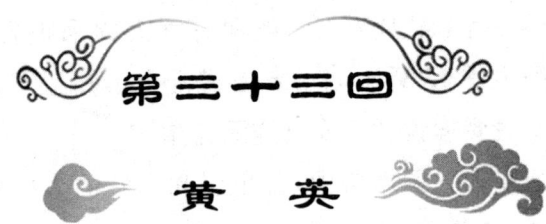

第三十三回

黄　英

马子才家世世代代爱好菊花,到马子才更加厉害。他只要听说有好的菊花品种就一定要买回,即使远隔千里也不怕。

一天,有个金陵客人借住在他家里,客人自我介绍说,他的表亲有一两种菊花,是北方所没有的。马子才听说后动了心,立刻准备行装,跟随客人到了金陵。金陵客人千方百计为他寻求,得到了两株菊芽苗,马子才像对宝贝一样,把菊芽包藏起来。

在回家的路上,马子才遇到一个年轻人,他骑着驴子跟在一辆油碧车的后面,风度翩翩。这人渐渐走近后,马子才和他搭上话。他自我介绍说:"姓陶。"谈吐很文雅。他接着问马子才从哪里来,马子才如实告诉了他。年轻人说:"菊花品种没有不好的,关键在于人的培育。"他接着和马子才谈论种菊的方法。马子才非常高兴,问道:"你们要到哪里去?"年轻人回答说:"我姐姐厌烦金陵,想到河北去选择住地。"马子才高兴地说:"我虽然贫穷,但茅屋还可以让你们住下来。如果不嫌荒凉简陋,就不烦劳你们到别处去了。"姓陶的便到车前告诉姐姐,征求她的意见。车里的人推开帘子答话,原来是一位二十多岁的绝代美人。她望着弟弟说:"房子不怕小,而院落应该宽一点。"马子才替年轻人答应了,于是就一同回家。

马子才住房南面有块荒芜的苗圃,只有三四间小屋,姓陶的高兴地住在那里。他每天到北院为马子才侍弄菊花。有的菊花已枯萎,他就拔出根来重新栽下去。这样菊花没有种不活的。陶家清贫,姓陶的每天与马子才一同吃喝。马察觉陶家似乎不生火煮饭。马子才的妻子吕氏,也很喜欢陶家姐姐,不时送给她几升几斗粮食。陶家姐姐小名叫黄英,她很善于交谈,常到吕氏住所,和吕氏一同纺麻。

有一天,姓陶的对马子才说:"你家里本来不富裕,我每天吃你的喝你的很拖累你,现在我想出了一个解决问题的办法,卖菊花足以维持生计。"马子才向来清高耿直,听姓陶的这么一说,非常鄙视他,说:"我以为你是个风流高雅的人,一定能安于贫困。现在你说出这样的话,太势利了,简直侮辱了菊花。"姓陶的笑着说:"自食其力不是贪婪,卖花为业不算庸俗。一个人固然不能苟且谋求富裕,但是也不必一定谋求贫困。"马子才不说话,姓陶的起身走了出去。

从此,马子才所丢弃的残枝劣种,姓陶的全都把它们捡去,他不再到马家吃住。不久,菊花将开,姓陶的门前人声喧哗,像闹市一般。马子才觉得奇怪,跑去偷看。只见买花的人,用车装,用肩挑,络绎不绝。那些菊花都是奇异的品种,是马子才从未见过的。马子才很厌恶姓陶的贪心,想与他断绝来往,但又恨他私藏好品种,就敲开他的门,想就势指责他。

姓陶的出来,握着马子才的手,把他拉进去。只见半亩荒芜的庭院都成了菊垄,房子之外已没有空地。花被挖走之处,就折断别的花枝补插上。地上将开的那些花,没有不好看的。马子才仔细一看,全都是以前自己拔起丢掉的。姓陶的进屋,拿出酒菜,在菊垄旁设席,说:"我贫困不能遵守清规,几天来幸好弄到一点钱,足够让我们喝个醉。"过了一会儿,房里有人叫"三郎"。姓陶的答应着进去,一会儿拿出了美味佳肴,烹调得非常好。马子才乘势问道:"你姐姐为什么不出嫁?"姓陶的回答道:"时间还没到。"马子才又问:"什么时候?"姓陶的答道:"四十三个月之后。"马又盘问:"此话怎讲?"姓陶的笑而不说话,酒喝得尽兴后才散。

马子才过了一夜又到陶那里,看见新插的菊花枝已长有一尺高了。马子才对此感到非常奇怪,苦苦地向陶请教种花的技巧。陶说:"这本来就不是言语可以传授的。况且你又不靠种花谋生,哪里用得着这种方法。"又过了几天,姓陶的门前稍稍安静些,他就用蒲席包着菊花,捆扎着装了几车离家而去。

又过了一年,到春天将要过去一半的时候,姓陶的才用车装载着南方的奇异花卉回来,在城里开设花店,十天工夫花就全部卖完,他又回家种菊花。上一年买花的人留下花根,第二年都变坏了,就又向他购买。他因此一天天富起来。头一年建新房,第二年盖大楼。他完全随自己的心意兴建,根本不同马子才商量。过去的花垄渐渐全成了房舍。他又重新在墙外买了一片田，在四周筑起墙，全都种上菊花。到秋天他用车装载菊花离去，第二年春末还没有回来。此时，马子才的妻子病故，马子才对黄英有意，暗地里使人透风给她。黄英微微一笑，好像同意，只是等弟弟回来罢了。

一年多后，姓陶的终究没有回来。黄英督促仆人种菊，和弟弟种的不相上下。赚了很多钱，又在村外买了良田二十顷，豪华的宅第更为壮观。忽然有一天，一个从广东来的商人，带来了黄英弟弟的信。拆开一看，是嘱咐姐姐嫁给马子才。考查寄信的日子，正是马子才妻子去世那天。回忆在菊园喝酒的情景，到现在正好是四十三个月，马子才感到非常奇怪。他把信拿给黄英看，并说要送聘礼，黄英推辞不接受彩礼。因为马家旧居简陋，黄英想让马子才住进南边的宅第里，马子才不答应。黄英嫁给马子才后，就在隔墙上开了道门通向南边房子，并每天过去督促她的仆人。

马子才认为靠妻子的家产为生可耻，常嘱咐黄英把家产分为南北两处登记，以防止混淆，但是家里所需要的，黄英总是从南边房中去取，不到半年，家中碰到的都是陶家的东西了。马子才立即派人把东西一一送还南屋，告诫不要再取，但不到十天，南北的东西又混杂在一起了。总共换了几次，马子才麻烦得受不了。黄英笑他说："你不是太劳神了吗？"马子才觉得惭愧，不再查问，一切听任黄英安排。她招工备料，大兴土木，马子才阻止不了，经过几个月，楼房连贯相接，南北两边房屋竟合成一体，不分界限了。

　　黄英听从马子才的意见,闭门不再经营菊花,但物质享受超过世代的富贵人家,马子才过得不自在,说:"我三十年清贫的德操,如今被你毁掉了。一个男人活在世间,却要依靠妻子过活,真是没有一点男子汉的气概。人们都祈祷富足,我却要祈祷贫穷。"黄英说:"我并不是贪婪鄙陋。但是,如果不能稍稍富足一点,那就会叫千年以后的人都说陶渊明是贫贱骨头,一百代也不能发家。所以姑且为我们陶家彭泽令解解嘲罢了。然而贫困的人要想富裕很难,富裕的人求得贫穷却很容易。床头的钱任你去挥霍,我不吝惜。"马子才说:"花别人的钱,也是很耻辱的。"黄英说:"你不愿意富裕,我也不能贫穷,没办法,只好和你分开住。清廉的自去清廉,污浊的自去污浊。"于是,就在园中为他修建一座茅屋,并选择漂亮婢女去侍奉马子才。马子才觉得满意。但过了几天,马子才又非常想念黄英,叫她又不肯前去,不得已反过来俯就黄英。

　　后来,有一次,马子才因有事到金陵,正赶上菊花盛开季节。早上路过花店,见店中摆列着一盆盆菊花,花朵姿态都极好。他心里一动,觉得很像黄英弟弟培植的。过了一会儿店主出来了,果然是他。两人非常高兴,倾诉久别之情,陶生便留他住下。马子才邀陶生回去。陶生说:"金陵是我的故乡。我将在这里成家,我积蓄了一点钱,麻烦你带给我姐姐,我年底会去一段时间。"马子才不听,苦苦请他回去,并说:"家里很富足。只需坐下来享受,不用再做生意了。"于是陶生坐在店里,让仆人代他议价,降价出售菊花。几天就把花卖完了。马子才催他打点行装,租船北上。进门一看,姐姐早已清扫房屋,铺好了床垫被褥,好像预料弟弟会回来一样。

陶生回来以后,放下行装,督促工匠,大建亭园。每天只与马子才下棋喝酒,再不结交别的朋友,马子才为他选妻子,他推辞说不愿意。陶生喝酒一向量大豪爽,从没见他喝醉过。马子才有个朋友叫曾生,酒量也无人能比。一天,他来拜访马子才,马子才让他和陶生比酒量。两人纵情喝酒,十分痛快,以为相见恨晚。从早上喝到四更天,算起来每人都喝了一百壶。曾生烂醉如泥,沉睡在座位间,陶生起身回去睡觉,出门后踩着菊垄歪倒在地上,衣服丢在旁边,就地变成了菊花,有一个人那样高,开花十几朵,都像拳头那么大。马子才非常惊骇,告诉黄英。黄英急忙赶去,拔出菊花放在地上,说:"怎么醉成这样!"拿衣服盖上菊花,邀马子才一同离开,告诫他不要观看。天亮后去看,只见陶生睡在菊垄旁边,马子才这才意识到姐弟俩都是菊花精,心里更加敬重他们。

陶生自从露底以后,更加放纵喝酒,常常下请帖招来曾生,因而与他成为莫逆之交。一天,正当百花生日,曾生来访,陶生派两个仆人抬来浸药白酒一坛,相约与曾生一起喝尽。一坛酒快喝光,两人还没怎么醉。马子才又偷偷倒进去一瓶酒,两人又喝完了。曾生醉得无力行动,几个仆人把他背走。陶生睡在地上,又变成了菊花。马子才见惯了便不感到惊奇,像黄英那样拔出菊花,守在旁边观察它的变化。过了很久,菊叶渐渐枯萎,马子才十分害怕,这才告诉黄英,黄英一听,吃惊地说:"你害了我的弟弟了!"跑去一看,菊花的根和枝已经枯干了。黄英悲痛欲绝,掐一段梗埋在花盆里,带到闺房中,每天给它浇水。

马子才后悔得要命,特别埋怨曾生。过了几天,听说曾生已经醉死了。盆中的那枝菊花逐渐发芽,九月就开花了,枝干短矮,花朵粉红,闻起来有酒香,取名"醉陶",用酒浇它花就长得更茂盛。黄英直到老死,也没有什么异样的变化。

马子才跑出去偷看(路上的热闹场景)

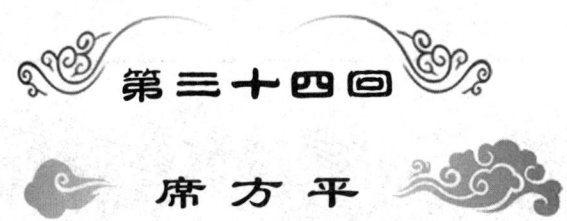

第三十四回
席方平

　　席方平是湖南东安人，他的父亲名叫席廉，生平憨厚老实，性情耿直，与同乡姓羊的富人一直不和。后来，姓羊的先死了。过了几年，席廉也病危了，临死前，他对人说："羊某现在贿赂阴间的官吏拷打我。"一会儿，果真见他身上红肿，不久，便大叫着死去。

　　席方平悲恸不已，他说："我父亲老实嘴笨，现在被强鬼欺侮。我要到阴间去，替父亲申冤。"从此他不再说话，忽坐忽站，样子像痴呆，因他的"魂魄"已经离身。

　　席方平初次出门，不知朝哪里走，只要看到路上有行人，便打听去县城的路线。待他进了县城时，他的父亲已经关在牢里。到了牢里，远远地看见父亲睡在屋檐下，样子很狼狈。父亲睁开眼睛看到儿子，泪流满面地说："狱里的官吏都接受了羊某贿赂，我日夜经受拷打，两腿被摧残得厉害啊！"

　　席方平十分愤怒，大骂狱中的官吏："父亲如果有罪，自然有王法，难道你们这些死鬼能操纵吗？"出了牢房便拿笔写状子。城隍出来办公时，席方平便喊冤呈上状子。姓羊的害怕，里里外外买通了，然后城隍才出来审理这个案件。城隍竟然借口控告没有根据,认为席方平完全没道理。席方平的怨愤再也没有地方申诉,在阴间走了一百多里,到了郡里,把官府衙役徇私舞弊的情况,告诉了郡司。郡司把这事推迟了半个月,才对质审理。郡司拷打席方平,仍旧批示城隍重新审理此案。

席方平到了县里,同样受尽各种刑罚,冤屈依旧不能申辩。城隍怕他再控告,便派衙役押送他回家。衙役把他送到门口就走了。席方平不肯进屋,他径直跑到阎王府,控诉郡司和城隍残酷贪婪。阎王马上逮捕他们来对质。两个官吏悄悄派遣亲信来说情,答应给一千两银子。席方平不予理睬。

一会儿有差役喊他进去。升堂时,见阎王有怒色,根本不容他分辩,只命令打二十板。席方平大声地问:"我犯了什么罪?"阎王像没听见。席方平挨了板子,喊道:"挨板子应当,谁叫我没钱呢!"阎王更恼火,命令把他放到火床上。两个鬼把席方平揪下堂。东边台阶上有铁床,床下烧着火,床面被烧得通红。鬼脱掉席方平的衣服,把他抬到床上,用力按住他。席方平痛极了,骨肉被烧得焦黑,苦于不能死去。

大约过了一个时辰,鬼说:"可以了。"便把他扶起来,逼着要他下床穿衣,幸亏虽然脚跛了却还能走路。到了堂上,阎王问:"你还敢再告状吗?"席方平说:"大冤没有申,心还不死,如果说不告状,那是欺骗大王。我一定要告状!"阎王又问:"你控告什么?"席方平说:"我亲身经历的,都要说出来。"

阎王听了十分恼火,命令用锯锯开他的身体。于是,两个鬼把他拉过去,席方平看见这里竖着一根大木头,大约有八九尺高,有两块板子,平放在木头下面,上下都凝着模糊的鲜血。正要被捆,忽然听见阎王在堂上大喊:"席某!"两个鬼立即又把他押回。阎王又问:"还敢告状吗?"席方平回答说:"一定要告!"阎王命令抓去迅速肢解他的身体。下去后,鬼便用两块板子夹住席方平,捆在木头上。锯子刚下,席方平马上感到头被慢慢劈开,疼痛难忍,但也忍着不喊出来。有个鬼说:"这个汉子真硬啊!"锯声隆隆响直到脚下。又听到一个鬼说:"这个人很孝顺,又没有犯罪,让锯子稍稍偏一点,不要损害了他的心。"席方平感到锯口曲折朝下,但仍痛苦不已。

片刻之后,身体被分成两半。鬼把板子解开,两个身子一齐倒下。鬼上堂大声报告。堂上传令合起身子来拜见。两个鬼立即推拢身子使他又合起来,拉着要他走。席方平痛得恨不能重新分开,走了半天就扑倒在地。一个鬼从腰里拿出一条丝带交给他,说:"送给你这个来奖励你的孝顺。"席方平接受丝带并用它捆住身子,整个身子顿时健壮,一点痛苦也没有了。于是到堂上跪下。阎王又像前面那样审问。席方平怕再受酷刑,便说:"不告状了。"阎王立即命令送他回阳间。差役带着他出北门,指点回家的路,便转身走了。

席方平想,阴间的黑暗,比阳间还要厉害,无奈没有路能让天帝知道。世上传说灌口二郎是天帝的亲戚,这个神聪明正直,向他申诉定会灵验。席方平暗暗高兴两个差役已经走了,便转身向南走。他刚想奔跑,两个差役就返回来说:"阎王怀疑你不回家,现在果然如此。"于是又把他抓回去再见阎王。席方平暗想阎王肯定会更加恼火,灾祸一定更惨,但阎王没有一点严厉的表情,对席方平说:"你的确很孝顺。只是你父亲的冤屈,我已为你昭雪了。他现在已经投生在富贵人家,哪里还用得着你喊冤呢?现在送你回家,给你一千两银子的产业、百岁的长寿,你该满足了吧?"说完,便写在册子上,盖上大印,让他亲自过目。席方平感谢之后离开大堂。鬼役同他一起出来,到了路上,就驱赶他,咒骂他说:"狡猾的贼!多次反复,让人奔跑受累!再犯罪,一定抓进大磨子里,细细地碾你!"席方平瞪着眼斥责说:"要干什么!我生性能忍受刀锯,不能忍耐鞭打的痛苦。请返回去见阎王,阎王如果让我自己回家,又何必你们送我?"说完便回身跑,两个鬼役害怕了,用温和的话劝他回来。席方平故意慢慢走,走几步,便在路边休息。鬼役忍着怒气没敢再说什么。

大约走了半晌,到了一个村庄,有一家门半开着,鬼役带着他进去一起坐下,席方平坐在门槛上。两个鬼役乘他没有防备,将他推进门里。席方平看看自己,吃惊地发现自己已经出生成了婴儿。他愤怒地啼哭,不吃奶,三天便死了。他的魂魄飘荡着忘不了灌口二郎。大约跑了几十里,忽然看到有华盖车来,仪仗满路。席方平本想避开他们,但不料触犯了仪仗队,被前面骑马的抓住,捆着送到车前。他仰头看到车中有个少年,仪表堂堂。那少年问席方平:"什么人?"席方平冤气正没处出,猜想这一定是个大官,或许能为民做主,便从头到尾地申诉了所受的残酷迫害。车中人命令解开他的绳子，让他跟着车子走。

一会儿到了一个地方，十几个官员，在路旁迎接拜见，车中人一一招呼。后来指着席方平对一个官员说："这是下界的人，正要去控诉，应该马上替他判决。"席方平向随从打听，才知道车中人是天帝的皇子九王，所嘱咐的人就是二郎。席方平看看二郎，高高的个子，满脸的胡须，不像世间传说的样子。九王走后，席方平跟着二郎来到一个官署，原来他的父亲和姓羊的以及衙门的官差都在那里。一会儿，从囚车中出来几个犯人，他们就是阎王和郡司、城隍。当堂对质，席方平说的句句属实。三个官吏战战兢兢，像被猫逮住的老鼠。二郎拿起笔立即判决。一会儿，传下判词，叫案中人一起来看。阎王被判用江水涮肠，郡司、城隍被判剁去四肢。判羊某的家产转往席家，以补偿席方平的孝道。二郎对席方平的父亲说："考虑你的儿子孝顺仁义，你性情善良懦弱，可再赐你三十六岁的阳寿。"

说完，便派两个人送他们回家乡。席方平便抄下那个判词，父子在路上一起读。到家后，席方平先醒；叫家里人开棺看父亲，他父亲僵硬的尸体还是冷冰冰的，等了一整天，才渐渐变温活过来。到处寻找抄回的判词，却无论如何也找不到。从此，席方平家里一天比一天富；三年的时间，良田遍野；羊氏的后代却衰败了，楼阁田产，全部变为席家所有。席方平的父亲活了九十多岁，才寿终正寝。

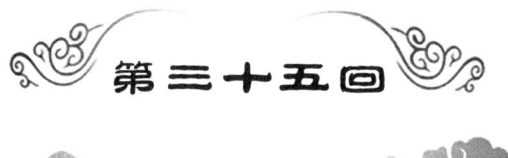

第三十五回

胭 脂

　　山东东昌县有个姓卞的,他是个给牛治病的兽医。他有个女儿,小名叫胭脂,聪明美丽,父亲爱如掌上明珠,一心想让她嫁给读书做官的大户人家。但是那些大户人家都嫌卞家出身寒贱而瞧不起他,不愿意与他结亲。因此胭脂姑娘到了十六岁尚未许配人家。

　　她家对门有个姓龚的老婆王氏,生性很轻佻,善于说笑话,倒是闺房里姑娘们有趣的玩伴。有一天,胭脂姑娘送王氏出门,见一个少年打门前经过,穿着一身素白的衣帽,长得风度翩翩,相貌出众。姑娘似乎动了心,两只水汪汪的眼睛紧盯着少年直瞅。少年赶紧低下头快步走了。已经走了很远了,胭脂还在凝神眺望着他。王氏看出了她的心意,便开玩笑说:"按姑娘的才貌,要能配上这个人才不会遗憾。"胭脂听了,脸蛋上泛起红晕,脉脉含情地不说话。王氏问她:"你认得这位郎君吗?"姑娘笑道:"不认识。"王氏说道:"这是南胡同里面的那个秀才,名字叫鄂秋华,是死去的鄂举人的公子。我过去与他是邻居,所以认得他。世上的男子再没有比他更温和更能体贴人的了。眼下他穿一身素衣,是因为他家娘子刚死去不久。姑娘你若是对他有意,我就替你传个话,叫他托个媒人来提亲,你看怎么样?"姑娘没说什么,王氏便笑着去了。

过了几天,没有消息,胭脂心想大概是王氏没得空去说,又猜想大概因鄂生是官宦人家子弟,瞧不起自己这贫贱之家。于是心情忧郁,徘徊不定,对这件事牵挂很厉害,渐渐地连饮食也不进,卧床不起了。这一天,正好王氏来看她,便盘问她得病的缘由。胭脂答道:"我自己也不知道是什么原因,只不过打那天和你分别后,就觉得心里悠悠荡荡的不舒服,看来我这性命早晚要丢在这病上了。"王氏听了,便小声地对她说道:"我家男的到外边贩货没有回来,所以还没人传话给鄂家郎君。姑娘你这病是不是就因为这个?"胭脂满脸羞红,半天不好意思开口。王氏玩笑地说道:"果然是因为这件事,看你的病已经到这份上了,还有啥顾忌的?干脆我叫他夜里先来跟你一会,他还有不愿意的吗?"胭脂叹口气道:"事已至此,也顾不上害羞了。只要他不嫌我家贫贱,马上请媒人过来,我这病就能好;要是这样私自幽会,那是绝对不行的。"王氏点点头,便走了。

王氏年少时跟邻居一个小伙子宿介私通,出嫁以后,宿介探听到王氏的丈夫外出时,便时常来找老情人。这一夜恰好宿介来了。王氏便把胭脂的话当作笑话说给他听,并且开玩笑地嘱咐宿介去转告鄂生。这个宿介也早知道胭脂美丽,听王氏这么一说,心里暗暗高兴,以为是天赐良机。本想跟王氏商量,又怕她嫉妒,于是就假装不太有心的样子,把胭脂家的情况问了个明明白白。

第二天夜间，宿介便爬墙进入胭脂家，直接到了胭脂的卧房外侧，用手指轻轻敲窗户。里面问："谁呀？"外面回答："鄂生。"胭脂说道："我所以想念你，是为了百年之好，而不是为的一夜，鄂郎你要是真的爱我，就请你快去找媒人；如果想私自马马虎虎地在一起，我是不能听从的。"宿介便假意答应她。但是苦苦哀求握一握她的手腕作为定情的表态。胭脂不忍心过于坚决拒绝，便勉强支撑起来打开窗户，宿介便趁机突然进来，当下就抱住姑娘求欢。胭脂没有力气抵抗，便倒在地上，气都喘不过来。宿介急不可耐地扯她的衣服，胭脂说道："哪里来的恶少，你一定不是鄂郎；如果真是鄂郎的话，那他一定是非常温柔体贴的。他知道我得病的原因，一定会怜悯爱惜，怎么会这样狂暴无礼？你要是再这样的话，我只有一死，你我二人的品行都有污点，对彼此都没有好处。"宿介听了这番话，怕自己假冒的行迹败露，也就不再强迫，但是要求定下一次会面的日期。胭脂说迎亲的那一天就是会面的日期。宿介说太远了，要她再定一个日子。胭脂讨厌他的纠缠，便约他等待病好之后。宿介又要求送他一件东西作为信物，胭脂不答应。宿介强行捏住姑娘的脚，脱下一只绣鞋便走。胭脂喊他回来说："我身子已经许给你了，还有什么可吝惜的？只是恐怕事情不成，反落得众人笑话。现在我贴身的东西已经到了你手里，料想你一定不肯还给我。但是，你如果负心的话，我也只有一死了。"

宿介跑出去，又偷偷到王氏那里去住宿。躺下以后，心里还没有忘记那只绣鞋,暗中一摸衣兜,绣鞋竟然没有了。宿介急忙爬起来点上灯,抖抖衣服,在黑暗中到处寻找。王氏问他找什么,他也不说。宿介怀疑是王氏藏起来了,王氏却故意笑他,使他疑心更大。后来,宿介觉得瞒不住了,便把实情告诉了王氏。说完,两人就用蜡烛门里门外照,也没找到。只好又懊丧又悔恨地进屋睡了。宿介心里还暗想,幸而深夜无人,遗失也必定在半道上。可他一早就去寻找,仍不见踪影。

原来这胡同有一个名叫毛大的,是个游手好闲的无赖。曾经想勾引王氏但没有得手。他知道宿介跟王氏有来往,便想找个机会抓住宿介来威胁王氏答应他的要求。这天夜间,毛大来到王氏门外,用手一推,里面没上门闩,便偷偷进去了。刚到窗外,脚底下踩着一个东西,软软的像棉絮一样,拾起一看,原来是一块头巾包着一只绣鞋,他便趴在窗外偷听,宿介对王氏说的话他全听清楚了,欢喜至极,抽身便溜出去了。

过了几夜,毛大翻墙进了胭脂家里。由于对里面的房间不熟悉,误跑到胭脂的父亲卞老头住的屋子外面。老头从窗里往外瞅,见是一个男子。观察他的举止动静,再听他说的话,才知道是冲他闺女来的。心里顿时愤怒,操起一把刀便闯了出来。毛大大吃一惊,转身就跑,刚想爬墙,卞老头已经追到跟前,慌忙间无处可逃,便转身夺下卞老头手里的刀。卞老太太也爬起来大声喊叫,毛大一看难以脱身,便一刀将老头杀了就跑。这时胭脂的病也好些了,听到院子里闹声方才起来。娘儿俩点起蜡烛一照，老头的脑袋被砍裂，不能说话，不一会儿就断了气。老太太忽然发现墙根底下有一只绣鞋，一看，是胭脂的鞋，马上就逼问女儿。胭脂便哭着对母亲说了实话，但胭脂不忍心连累王氏，只说是鄂生一个人来的。

天亮以后，告到县里。县令立即派人把鄂生抓了起来。鄂生为人忠厚老实，也不大会说话，十九岁了，平日见客人还羞得像个小孩似的。被抓之后，吓得不知如何是好。到了大堂上，已不会说话，只是浑身颤抖。县官一见他这副模样，更加确信案子就是他干的，马上用重刑逼供。鄂生是个文弱的书生，禁受不了，只好含冤地认了罪。

接着鄂生被押到府里，拷打用刑跟县里一样，鄂生冤气满胸，几次要跟胭脂当面对质，等到见面，胭脂每次都指着他大骂，鄂生气得张口结舌，不能申辩，因此被定了死罪。经过几次反复的审问，几个主审的官员都没有提出异议，最后由济南府复审。

当时，吴南岱先生任济南知府，一见鄂生，看他不像杀人的，便暗中派人好好地单独问他，以便让他把话都说出来。经过这样的细问，吴公更加相信鄂生是冤枉的了。他考虑了好几天，才着手审问。他先问胭脂："你们俩订约后，有别人知道的吗？"回答说："没有。"又问："你第一次遇见鄂生，还有别人在场吗？"胭脂仍答道："没有。"吴公于是把鄂生叫来，好言安慰他。鄂生这才说道："我曾经走过她的家门前，只见早先的邻居王氏跟一个姑娘正好出来，我当时就低着头很快走过去，打这以后并没有说过一句话。"吴公便斥责胭脂道："你刚才说旁边没有别人,怎么又有这个邻居王氏呢?"马上就要动刑。胭脂害怕了,这才说道:"虽然有王氏看见,但和她实在没有牵连。"吴公听了,便暂时停止审讯,命人去缉拿王氏。

几天后,缉拿到王氏,为了不让她和胭脂到一起串通,立刻升堂审问她。吴公问她:"杀人的是谁?"王氏回道:"我不知道。"吴公骗她说:"胭脂已经供出来了,杀卞老头的事你完全知道,你怎敢隐瞒?"王氏喊道:"冤枉呀,这个贱丫头自己想汉子,我虽然说过替她去做媒,只不过是玩笑罢了。她自己引奸夫进院,我哪里知道?"吴公接着细细盘问她。她这才把前前后后开玩笑的话一五一十地说了。吴公叫胭脂上来,生气地说道:"你说她不知道这事,现在怎么她自己招供替你说媒牵线呢?"胭脂流泪说道:"我不争气,使爹爹惨死,官司还不知道打到哪一年,再连累别人,我实在于心不忍啊。"吴公又问王氏:"你说了那些笑话之后,又告诉过什么人?"王氏说没有。吴公大怒道:"尽管如此,凡是戏要别人的,都是笑别人傻,用来炫耀自己聪明,你再没有跟哪一个人说过?你打算骗谁?"便命人夹她十个手指。王氏不得已,才如实招供:"曾经对宿介说过。"吴公于是释放了鄂生,把宿介拘捕来。宿介被拿到,自己供说:"不知道。"吴公说道:"好拈花惹草的一定不是本分的读书人!"于是命人用严刑。宿介这才供认:"我夜晚是去会过胭脂姑娘,但是丢了绣鞋之后,我就没敢去,至于杀人的事我实在不知道。"吴公大怒,说道:"你敢半夜三更爬人家的墙,还有什么事情不敢干?"又加以严刑拷打。宿介受不了酷刑,只好承认自己杀了人。把他的招供写成文书报上去之后,人们无不称赞吴公断案如神。

这样一来,确实是铁案如山了。宿介只有伸着脖子等待秋后处决了。然而宿介虽然行为放纵,品德不好,却也是东昌县有名的读书人,他听说学使(督察教育工作的官员)施愚山先生,最贤德有才,又有惜才爱士的德行,便写了一纸诉状给施学使,申诉自己的冤情,写得文辞悲切感人。施公看完后,便要来宿介的供词,反复琢磨思考。忽然一拍桌案,说道:"宿生确实是冤枉的!"于是报请大理院和按察司(司法部门),将案子交给他再重新审理。

施公问宿介:"绣鞋丢在什么地方?"宿介说:"忘了。不过我在敲王氏房门的时候,还在袖子里头。"施公再传问王氏:"除了宿介之外,你还有几个奸夫?"王氏供说:"再没有了。"施公说道:"像你这样的淫乱之人,怎么能就私通这个?"王氏供称:"我跟宿介,从小时候就在一起好了,所以不能拒绝他;后来并不是没有勾引我的人,不过实在没有敢依从。"施公便叫她具体指出人来证实她的话。王氏招供说:"街坊上的毛大,多次勾引我,我都拒绝了。"施公说道:"怎么忽然又如此贞洁了呢?"于是就命人拷打她。王氏叩头出血,一再申辩确实再也没有了,这才放了她。又问道:"你丈夫出远门后,难道没有人借故上你家里来过?"王氏回答说:"有的,某甲、某乙,都是因为借钱和赠送东西,有一两次到我家里来过。"原来某甲、某乙,也都是街坊上的游手好闲之徒,有心勾引王氏而没有得手。施公把他们俩的名字都注上,一起抓来。

这一干人都收齐了。施公命人将他们带到城隍庙,叫他们一个个都跪在香案前,然后说道:"我前日梦见城隍告诉我,杀人的就在你们这四五个人之中。现在让你们对着城隍坦白,不许说谎话。如果能自首坦白,还可以原谅;敢说假话的,验出来决不饶恕!"这几个人都说自己没有杀人。施公将三道夹棍放在地上,准备给他们几个都上夹棍。这几人都被吊起,衣服扒光,一个个都齐声叫苦喊冤。施公命松开他们,说道:"既然不肯自己招认,就让鬼神给指出来。"于是叫人拿毡子褥子把神殿的窗户全都遮上,不让留一点透亮的地方,然后把这几个人后背都袒露出来,赶进黑屋里,这才给他们每人一盆水。叫他们自己将手洗了,然后又用绳子套住脖子,带到墙壁跟前,训诫他们说:"面对墙壁不许动。杀人的,一定有鬼神在他背上写字。"过了一会儿,将他们都叫出来验看,施公手指着毛大说道:"你就是真正的杀人犯!"

原来施公事先叫人将墙壁上抹上白灰,又在黑暗中用煤烟水给他们洗手,那真杀人的,害怕鬼神在自己背上写字,便将背靠在墙壁上,所以背上有白灰,临出来之时,用手护着后背,所以又抹上了煤烟。施公本来就怀疑毛大,到这时就更坚信无疑。于是对他施以重刑,毛大这才完全吐出实情。

最后,施公作出判决,判词的大意是:"宿介,不守本分,虽然冤枉,也是自作自受,姑念其已多次遭到拷问,不再加刑,现取消其儒生资格,给予今后改过自新的机会。毛大,本是市井无赖之徒,而又淫乱好色,勾引王氏不成,竟敢翻越墙到卞家欲行不轨,被人发觉,逃窜无路,胆敢起反咬之心,杀人害命,判其斩首示众,以平民愤。胭脂,正当妙龄,貌美如花,何愁嫁不着如意郎君。想不到竟因一线情丝缠绕,险些玷污清白之身。可喜的是守身如玉,尚能成全美事,请县令大人做你与鄂生的媒人。"

案子宣判完毕,远近传颂。自从吴公审问之后,胭脂就知道鄂生受了冤枉,两人在堂下相遇,胭脂很羞愧地含着眼泪望着鄂生,似乎心里有无数痛惜的话,而不好说出口。鄂生也感念她对自己的一片深情,也对胭脂产生了爱慕之心。可是想到她出身微贱,再加上因为打这场官司,在大庭广众之下,每天都上公堂,被大家议论,恐怕将来娶了她会被人耻笑。于是这件事日夜缠绕在心,拿不定主意。直到判词下来之后,心里这才安然,打消了顾虑。后来,县官替他俩主办了婚事,鄂生把胭脂姑娘吹吹打打娶进了家门。一对有情人,终成了眷属。

胭脂姑娘和鄂生终成眷属